「や……なん、で……」

円哉は見開いた瞳にジワリと涙を浮かべた。だが、震える円哉に気づいた皇貴は、満足げに微笑んで、眦にたまった涙をキスで吸い取る。

そんな淡い刺激すら、今の円哉には拷問だった。

「嬉しい……こんなに感じてくれるなんて」

BUNKO

恋におちたら

妃川　螢

この物語はフィクションであり、実在の人物・団体・事件等とは、いっさい関係ありません。

Rose Key BUNKO
CONTENTS

恋シリーズ キャラクター相関図

榛名《はるな》 皇貴《こうき》

榛名家三男。獣医学部に通う大学生。兄ふたりに目いっぱい可愛がられて育ったため、極度のブラコン。学業の隙間に受付事務や雑用などの手伝いをしている。

果物が好物です

凰 アビィ

食肉目イヌ科フェネック。砂漠に住むキツネの一種。牡。おおよそ10歳。静己と凰を引き合わせるきっかけをつくる。

凰《おおとり》 剱誓《あきちか》

元ナンバーワンホストで今は飲食店などを何軒も経営する青年実業家。静己の大学の同級生で十年来の親友。

はるなペットクリニック

榛名兄弟の亡父が開業したクリニック、長男の静己が引き継いだ。

病院見取り図

水嶌《みずしま》　円哉《まどか》
キャット・カフェ《Le Chat（ル・シャ）》のオーナー店長。

これって、ひとめぼれ……!?

助けてもらってありがたいけど……。

榛名《はるな》　依月《いつき》
榛名家次男。獣医学部を卒業し、国家試験に受かったばかりの新米獣医師。一人前の獣医になるべく修業中。獣医だった亡父の背を見て育ち、優秀で気丈な兄に憧れる。

鷲崎　ミケ
野良の三毛猫。雌。《はるなペットクリニック》に運び込まれ、依月と鷲崎のキューピッド役に。

鷲崎家でいい子にしています

鷲崎《わしざき》　天胤《たかつぐ》
ペット産業最大手企業ＷＡＣの代表取締役。二代目社長でＷＡＣ急成長の立役者とまで言われているやり手。強面だが、可愛いものが好きで大の動物好き。

榛名《はるな》　静己《しずき》
《はるなペットクリニック》の院長。榛名三兄弟の長兄で榛名家の家長。クールな美貌の持ち主で、凄腕の獣医師。

イラスト・実相寺紫子

恋におちたら

プロローグ

二重人格、という単語が頭に浮かんだ。

今、皇貴《こうき》の腕のなかにいるその人は、つい十分ほど前に見たときとは、まるで別人のような険《けわ》しい表情をしている。

色素の薄いサラサラの髪、涼やかな眼差《まなざ》しは笑みを浮かべていれば温かな光を宿すのに、今は氷のように冷ややかだ。

抱き込んだ身体は細身だけれど、しなやかな筋肉の存在を感じさせ、腕のなかの美しい人がたしかに同性であることを伝えてくる。

なのに、なんだろう、今胸を襲う、この動悸は。

「手、放して」

かたちのいい唇から紡《つむ》がれるのは、清廉《せいれん》で涼しげな容貌に似合わない剣呑《けんのん》な声。つい十分ほど前には、極上の微笑みとともに、感謝の言葉をくれたのに。「ありがとう」と、小首まで傾《かし》げて青少年の欲望をいたく擽《くすぐ》る実に艶やかな声で。なのに、ものの十分も経《た》たないうちにコレだなんて、現実は厳しすぎる。

「助けてもらったことには礼を言うけど、それ以上の代価をとられた気がするよ」

大学からの帰り道。ショッピングモールを抜けたところにあるロータリーで、いったい何をそんなに買い込んだのか、両手いっぱいに荷物を抱えて歩く痩身《そうしん》に目をとめたのは十五分ほど前のこと。心配で気になって、視線で追っていたら、まさしく心配した通りのことが目の前で起きた。

彼が通りにぶちまけた荷物を拾い集めるのを手伝ったあと、背を向けた彼からどうしてか目が離せなくてそのままずっと視線で追っていたら、今度はガラの悪そうなふたり連れにぶつかって何やら因縁をつけられる光景が目に入ってきた。慌てて駆け寄って、恋人のふりをして助け出したのだが……。

「聞こえないの？」

瞳を眇《すが》め、十数センチほど下から見上げてくる榛色《はしばみ》の瞳には、嫌悪の色。心なしか顔色が悪いのは、警戒しているからだろうか。

恋人のふりをするために、抱き寄せて、そのときに額に唇が触れた。決してわざとじゃない。勢い余ってしまっただけだ。

それを咎《とが》められているのだと、気づけるのに数秒。肩を抱き寄せた腕を離すのに、さらに数秒を要した。

「す、すみません……」

助けたはずなのに、なんで謝らなければならないのだろう。

思ったけれど、唖然とするあまり、言葉が紡げない。

固まったままその整った容貌に見惚《みと》れていたら、さらに誤解されたらしい。自分の腕を振り払ったその人は、キッときつい一瞥《いちべつ》を寄越して、サッと身を翻《ひるがえ》した。

大きな荷物を両手に抱え、タクシー乗り場へと足早に駆けていく。

また転んだらどうするんだろうとか、前は見えているのかなとか、心配してしまう自分は、そうとうなお人好しかもしれないと、皇貴はその硬派で精悍な相貌の下、密かにため息をつく。

タクシーに乗り込む細い背を、呆然と佇《たたず》んだまま見送った。彼を乗せたタクシーが走り去る先まで確認している自分がいる。

――ヤバイ。

このとき感じた危機感は、決してマイナスのものではなく、しいて言えば、予感、だろうか。

何かがはじまる予感。

どこか危うい場所へ踏み込む予感。

立ち尽くしていた皇貴は、ジーンズの後ろポケットで携帯電話が震えるのを感じて、ハタと現実に立ち返った。

『皇貴？　授業終わった？　急いで帰って来られるかな？　急患入っちゃったんだ』

兄からのＳＯＳに、気持ちを切り替えて駆け出す。

大通りの目立つ場所に佇んでいた彼に、通りを行き交う女子高生やＯＬが目をとめていたけれど、皇貴にとってそれらは特別目に入ってはこない日常の光景でしかない。兄たちのこと、家のこと、大学のこと。皇貴の日常は、その三つだけで構成されている。

なのに、つい先ほど目にした痩身は、強く記憶に焼きついて消えない。皇貴がその意味を理解したのは、榛色の瞳に再び見据えられた瞬間のことだった。

1

外観はオールド・プロヴァンス風のつくり。やわらかい色合いのレンガと、可憐な花の咲き乱れる花壇。ゆるやかなカーブを描くバリアフリーを意識したアプローチ。

室内も基本はバリアフリーだ。天井高く、窓を大きく、採光と空調を考えたつくりを建築家に依頼した。カジュアルなイタリアンレストラン風にも見える。

建材にも拘《こだわ》っている。一見なんの変哲もない白い壁だが、特殊な素材を使っていて、猫たちが爪を立てても傷になることはない。床も柱も同様だ。

色褪せた風合いの木の扉を開けると、すぐにレジカウンター。下半分はパティスリーによくあるようなガラス張りのショーケースになっていて、店で出すスイーツ類のほかに、余裕ができれば持ち帰りのできる商品も置きたいと考えている。

逆側には丸い陶製のシンクが可愛らしい洗面台。客には、まずここで手を洗ってもらう。エアータオルなんて無粋なものは避けたかったし、ペーパータオルは環境にやさしくないと思ったから、白いタオルを丸めて籐籠に盛り、好きに使ってもらえるようにした。

カウンターの向こうには暖炉。実際に火を入れて使うことも可能だが、安全面を考えても、使われることはないだろう。雰囲気をつくるためのアイテムだ。

火を入れないかわりに、その周囲を雑貨売り場として使おうと思っている。自分の目で選んだグッズだけを扱う、小さなセレクトショップスペースをつくりたいのだ。ヨーロッパで仕入れてきた品々は、きっと喜んでもらえると思う。

メインスペースともいえる仕切りのない空間の真ん中には、天板に南仏風を印象づけるタイルの張られた大きめのテーブル。六人くらいはゆったりと座れるだろうか。でも椅子《いす》は四脚しか置いていない。窓際には、二、三人がけの丸いテーブルが三つほど。

そのフロアの奥には、靴を脱いで上がるスペースがある。

細長いローテーブルを挟んで、カントリー風のソファカバーのかけられた大きなソファが向かい合わせに置かれている。ソファセットの奥、出窓スペースは、半円形に張り出したカウンター状態になっていて、そこにはスツールが二脚。

二階に上がるための階段も、店内から半螺旋《らせん》状につづいているけれど、その手前には「STAFF ONLY」の看板を立てた。二階はプライベートスペースなのだ。

入り口横のカウンターの奥は厨房。

店の特性上、手の込んだ料理をつくることはないが、質のいいもの、無添加で手づくりのものを心がけたくて、大きな厨房をつくった。メニューは、絵画のように壁のあちらこちらにかけられている。どの席についても、見えるように。

料金設定は、終日フリータイム制でワンドリンクつき税込み一五〇〇円。ゆっくり過ごしてもらいたいという気持ちから、時間制はとらなかった。相場よりも少し高めかもしれないが、そのかわりドリンク類は、茶園指定の茶葉から淹《い》れる紅茶や数種類の豆から選べるコーヒーなど、拘っているから許してほしい。

ただし、営業時間はそれほど長くない。すべて自分ひとりでやらなければならないから、無理はできないのだ。

イートメニューは別料金だ。ホ、ス、ト、た、ちが火傷する危険性のないものしか出せないから、サンドイッチ類やパスタなど、軽食メニューしか置いていないが、全部オーナーの手づくりだ。出来合いのものを仕入れてきたりはしない。

スイーツ類も同様に、手づくりのパウンドケーキとベイクドチーズケーキ、ジェラートなどの数種類のみ。そのかわり、フレーバーは日替わりで、オレンジパウンドケーキだったり、メイプルチーズケーキだったりする日もある。

開店は午前十一時。ランチタイムとティータイムがメインとなる。

ひと通りの開店準備を終えて、円哉《まどか》はカウンターのなかに立つ。

カラランッとドアベルが鳴って、最初の客がやってきたのは十一時を十五分ほどすぎてから。

「いらっしゃいませ！」

明るい声で出迎えるオーナー店長の声に応えるように、愛想のいい何匹かが声を上げる。

「みぃ〜う」

奥から出てきたサバトラが、客の足元にちょこんと座って出迎える。

「みゃ！」

その愛くるしい様子に、店のドアを開けた女性客が黄色い悲鳴を上げた。

「うわーぁ、可愛い！」

しゃがみ込んで、女性客のひとりがサバトラの頭にそっと手を伸ばす。その手が猫に触れる前に、カウンターから出て歩み寄り、円哉はふたり連れの女性客に声をかけた。

「こんにちは」

客の足元でゴロゴロと喉を鳴らすサバトラを抱き上げ、ニッコリと極上の笑み。女性客が、ポッと頬《ほお》を染める。

「キャットカフェ、《Le Chat《ル・シャ》》へようこそ」

そう、ここは、キャットカフェ。

猫たちがホストとなって、客をもてなす空間。

店のスタッフは、円哉と一〇匹の猫のみ。

オーナー店長である円哉が、思いの丈を込めて企画し、やっと開店に漕ぎ着けた店。

誰の手も借りず、己の力だけでつくり上げた理想の空間。

そこは円哉にとって職場であり、また、猫たちと暮らすために手に入れた、新たな生活の場でもあった。


カラランッとドアベルが鳴る。

閉店時間は過ぎていて、円哉は今、後片付けの真っ最中だ。

本来なら、「申し訳ございません。本日はもう閉店で……」と、接客に出て行かなくてはならないところだが、しかし円哉は、手元から視線を上げもせず、それどころか店に入ってきた人物に声をかけもしない。

だが、円哉のつれない態度などものともせず、彼は中央の大きなテーブルに携《たずさ》えてきたものを置くと、挨拶に出てきた猫たちに爽やかな笑みを向けた。

「こんばんは。かのこ、ぷりん」

この店のホスト猫のなかで、一等愛想のいい「かのこ」はサバトラの日本猫、一等甘えたがりな「ぷりん」はラグドールという長毛種で、「抱き人形」という名前通り、抱っこされるのが大好きだ。

ちなみに、「かのこ」は「鹿の子」の意で、ほかに「サブレ」「シフォン」「あんこ」「あられ」

など、この店の一〇匹の猫たちには、それぞれ甘味やその材料の名前がつけられている。

ここの主であるはずの自分が全然歓迎していないというのに、猫たちは、この図々しい訪問者を歓迎しているようで、普段はクールなターキッシュアンゴラの「ミルク」までもが出迎えに出てきて、「みゃお」と甘えた声で鳴いた。

「今日はご機嫌だね、ミルク」

一日の営業を終えて休んでいたはずの猫たちが、ゾロゾロと集まってくる。その一匹一匹に声をかけ、それからやっと長身の青年は、カウンターの奥で彼の存在を無視しつづける円哉に顔を向けた。苦笑を零《こぼ》し、肩を竦《すく》めて、けれどめげた様子はない。

「お皿とカトラリー、借りますね」

勝手にキッチンに入ってきて、食器棚を漁《あさ》り、テーブルセッティングをはじめる。彼が手にしてきたのは、大きな鍋《なべ》だった。この匂いはたぶん、ビーフストロガノフだ。

「皇貴《こうき》くん……」

いいかげん我慢しきれなくなって、疲れた声で青年の名を呼ぶ。すると彼は、手を止めて円哉に顔を向け、爽やかに微笑んだ。

「お腹空いてますよね？　ごはんにします？　それともパンのほうがいい？」

主食は何を用意しようかと、うかがいを立ててくる。

ひと通りの後片付けを終えて手を止め、はー…とため息をつく。しかしいつまでも脱力しているわけにもいかず、円哉はキッと顔を上げた。

「自分の食事の面倒くらい自分で見られる。どうして君は毎日毎日……」

ここで店を開いてすぐ、彼は店に通ってくるようになった。店の手伝いをしたり、こうして円哉のために食事の用意をしたり、身の回りの世話をしたり……、だが、なんでこんなことになったのか、円哉はいまひとつ理解できないでいる。

気に入られるようなことをした覚えはない。むしろその逆だ。どうせ通りすがりだと思ったから、つい油断して八方美人の仮面を脱いでしまったのは、店のオープン前日のこと。まさかその直後に再会することになるなんて……誤算も誤算、大誤算だ。

「皇貴くん！」

「皇貴でいいって。俺のほうが年下なんだし」

「だから、そうじゃなくて……」

迷惑だと、訴えているつもりなのに、どうにも言葉が通じない。

干渉されるのは好きじゃない。

自分でも薄ら寒くなるほどの八方美人だから、どんな相手とだって円滑な人間関係を築ける自信はあるけれど、でもだからこそストレスを溜めやすいと自覚している。だからこの店では、スタッフを雇っていないのだ。

だというのに、せっかく手に入れたはずの自分の城に、こうズカズカ土足で上がり込まれてはたまらない。今日限りにしてくれと、言おうとした言葉はしかし、紡ぐ前に呑《の》み込まざるを得なくなった。

二階につづく階段の踊り場から、じっと注がれる眼差しに気づいた彼が、その包容力のありそうな腕を広げる。そして、呼んだ。

「ヴァナ！　おいで！」

「みゃうん！」

広げられた腕に飛びついてきたのは、一等ゴージャスな毛並みの、十一匹目の猫。この店のホスト一〇匹に数えられていない、円哉がプライベートで飼っているノルウェージャンフォレストキャットだ。フルネームは「ヴァナディース」というのだが、長いので縮めて呼んでいる。

「今日も綺麗だね、ヴァナ」

歯の浮くセリフも、猫相手だからなのかこれが素なのか、彼は平然と紡ぐ。日本人離れしたフェミニストぶりを思えば、特に意識しているわけではない天然の言動なのだろう。

青年の腕に抱かれたヴァナディースが、ゴロゴロと喉を鳴らし、ざらついた舌で彼の頰を舐《な》める。

その瞬間、円哉のなかで、何かがブツリと音を立てて切れた。

——なんで……っ。

この猫が、ホスト猫十一匹目にラインナップされていないのには理由がある。

とにかく懐《なつ》かないのだ。

それどころか、その毛並みに触れようとした者はことごとく、彼女の爪の餌食となる。気位が高くて気難しくて、とてもではないが、癒しをもとめて来店するお客さまの前になど出せない猫なのだ。

だが、円哉は特別だった。気難しいヴァナディースも円哉にだけは懐いていて、だから店には出さず、プライベートの飼い猫として、普段は二階にいるのだ。

「ヴァナ、こっちおいで」

円哉が呼んでも、ヴァナが皇貴の腕から降りる気配はない。皇貴の逞《たくま》しい腕に抱かれているほうがいいのだと言うように、安心しきった顔で欠伸《あくび》までして見せる。

以前は自分ひとりにだけ向けられていたはずの愛情。自分だって、引き取ってから打ち解けてもらえるまでに三日ほどかかったはずなのに。彼は初対面でヴァナを手なづけてしまった。ヴァナだけではない。ほかの猫たちも彼を気に入っているようで、客でもないのに愛想のいいことこの上ない。

彼がはじめてこの店に足を踏み入れたとき、猫たちの態度を見て驚いて、それが彼という人間を円哉が信用するきっかけにもなったのだが、しかし、当初は微笑ましさを感じた光景も、今はムカつくばかりだ。

ムッとして、カウンターから出る。

円哉が手を伸ばすと、皇貴は抱いていたヴァナディースを円哉の腕に託し、テーブルセッティングのつづきをはじめた。

スポーツで汗を流しているのが似合いそうな大柄な青年が、円哉が買い揃えた可愛らしいキッチンアイテムを手にする姿は、なんとも言えず微笑ましい。そんなことを考えてしまって、円哉は己の思考にため息をついた。

強引に追い出してもいいのだが、ご近所ゆえに今後のことを考えると関係を悪化させることもできなくて、新参者の立場としては強く言うことができない。だからついついズルズルと……決して受け入れているつもりはないのに。

「はい、どうぞ」

予想通り、鍋のなかみはビーフストロガノフだった。型抜きされたバターライスとサラダが添えられていて、このまま店で出せそうな出来栄えだ。

「……ほんっとに物好きだな、君は」

諦めて、ため息をひとつ。ヴァナを抱いたまま、椅子に腰を下ろす。

「気難しい人の扱いには慣れてるからね」

嫌味に嫌味で返されて、円哉はますます眉間《みけん》の皺《しわ》を深める。だが、大きな身体がすぐ隣に腰を下ろすのを見て、彼から視線を外し、おいしそうな湯気を立てる皿に視線を落とした。

悔しいことに、このすぐあとに、自分は言うのだ。きっと。

「……美味《おい》しい」
ビーフストロガノフを口に運んで、円哉の口から零れ落ちたのは、やはり思った通りの感嘆の言葉だった。

円哉が、店を開く場所としてこの土地を選んだのにはいくつかの理由があったが、そのなかのひとつに、近所でも腕利きと評判の動物病院が斜向《はす》かいにあったから、というのがある。猫たちの健康管理は大切だ。定期的に健康診断を受けさせたいし、スタッフの手がないから、それにかかる労力は少なければ少ないほどいい。

車道を挟んで斜向かいに建つ動物病院《はるなペットクリニック》は、規模は小さいながら、獣医師の腕という意味でも、人柄という意味でも、またサービス面においても評判がよく、往診にも応じてもらえると聞いて、そんな動物病院が近所にあれば心強いと考えた。

何度か患者を装って様子を見に行き、耳にした評判が正しいことをたしかめたのだが、そのときには院長と若い獣医師のふたりしか円哉は見かけなかったのだ。

だが、オープン前日、ちょうど風邪をひいていたアビシニアンの「メープル」を連れて挨拶に行った円哉がそこで目にしたのは、街中でどやしつけた件《くだん》の青年。

院長から「弟」だと紹介されて、ザーッと血の気が引いた瞬間のことを、円哉は鮮明に覚えている。

八方美人な円哉は、愛想はいいが他人に興味がなく、人の顔を覚えるのが苦手だ。そんな円哉が青年の顔をハッキリと覚えていたのは、その目を惹《ひ》く容貌ゆえだった。

長身のバランスのいい体軀《たいく》。パーツのひとつひとつが完璧な造作で配置された二枚目顔は、整いすぎていて灰汁《あく》のない印象を受けてしまうほど。絵に描いたような好青年だ。

無駄のない筋肉に覆われた、逞しく瑞々《みずみず》しい肉体。大人びて見えるが、まだかなり若い。獣医学部に入学したばかりの大学一年生だと聞いて、やはりと納得した。

まっすぐに見つめてくる黒々とした瞳は大型犬のそれを思い起こさせ、円哉はひと目で「苦手だ」と感じた。翳《かげ》りがなさすぎて、見返すのに躊躇《ちゅうちょ》する。

ゆえに、必要以上に牽制して、ついきつい態度をとってしまったのだ。よもや、再び顔を合わせることになろうとは、思ってもみなかったから……。

店の開店準備に追われていた。

買い物帰り、抱えていた荷物をぶちまけてしまって、通りがかった彼が、拾うのを手伝ってくれた。親切に感謝して、ニッコリと礼を言ったのだが、今思えばそのときから様子がおかしかった。じっと、円哉の顔を凝視して、動かなかったのだ。

しかし、円哉は気にせず、すぐに踵《きびす》を返してしまった。礼は言ったのだから、長居は無用だ。

だが、どうもこの日はついてない運勢だったらしく、その直後、今度はガラの悪い若者にぶつかってしまって、絡まれた。

実のところ、よくあることだった。

八方美人な円哉は、愛想がよすぎるあまり相手に妙な誤解を与えてしまうらしく、そんな気もないどころかときには名前を覚えていない程度の相手から、言い寄られたり勘違いな告白をされたりすることが多いのだ。

通りすがりに難癖つけつつそれを理由にナンパしてくるような輩《やから》に絡まれた経験もあり、対処法は心得ているつもりだったのだが、その日、円哉は疲れていた。開店準備に追われて、三日ほどほとんど寝ていなかったのだ。

急いでいたのもあって面倒くさくなって、さすがに苛《いら》っとしたときだった。

背後から腕が伸びてきて、円哉は抱き締められた。その腕の主が、つい今さっき、ぶちまけた荷物を一緒に拾ってくれた青年だということにはすぐに気づいた。その青年が、円哉を助けてくれようとしていることにも。

だが、広い胸に抱き込まれたとき、それも彼の演出のうちだったのだろう、己の額に触れた熱の存在に、円哉は硬直した。

と同時に、感謝の気持ちは吹き飛んだ。

ただでさえ強張《こわば》っていた身体から、血の気が下がるのを感じた。

先ほど、荷物を拾ってくれた彼に円哉が礼を言ったときの、彼の態度にも合点がいった。

こいつもか。

心のなかで毒づいた。

絵に描いたような好青年だと思ったのに。円哉は「苦手だ」と感じたけれど、でも、邪気のない瞳が綺麗だと思ったのに。他人に興味のない円哉が、こんな第一印象を抱くことは、すごくすごく稀《まれ》なことだったのに。

気づけば、剣呑な声が口をついて出ていた。

――『助けてもらったことには礼を言うけど、それ以上の代価をとられた気がするよ』

キッと睨んだら、彼は唖然とした顔をして、抱き締めていた腕から力を抜いた。その隙に、円哉は身を翻した。

いつもなら、ニッコリと笑顔で礼を言って、人当たりのいい自分を演出して、素の表情など決して曝《さら》さないのに。

油断した。

まさか斜向かいの獣医兄弟に、さらに下がいたなんて。

正式に挨拶をしておこうと思い病院を訪ねたときは、たしかに事前に確認した通り、院内には院長と若い獣医師しかいなかった。

ちょうど患者が途切れたタイミングで、今のうちにと円哉は話を切り出した。院長は円哉より少し年上で、若い獣医師は少し下。世代も近いし、良好な関係を築けそうだと思った。

「斜向かいでキャットカフェを開くことになりました、水嶌《みずしま》といいます。今日はご挨拶と、あとこの子が風邪気味なので診察をしていただこうと思いまして……」

風邪ひき猫を腕に抱き、手にした菓子折りを応対に出てきた獣医師に渡しながら、ニッコリと微笑んだ。すると、それを受け取ったまだ若い獣医師も、恐縮しつつもやわらかな笑みで返してくれた。

「ご丁寧にありがとうございます。キャットカフェなんですね。普通のおうちっぽくないつくりだし、何ができるのかなって、話してたんですよ」

彼が奥に向かって声をかけると、胸に「院長」の肩書きのついたネームプレートをつけた白衣の男性が出てきて、円哉が抱いた「メープル」の頭を撫《な》でながら、経営者としての立場で挨拶をしてくれた。

「院長の榛名静己《はるなしずき》です。こっちは獣医師で弟の依月《いつき》。うちは家族経営なので、何かありましたらお気軽にどうぞ。夜間でも対応できますから」

獣医としての腕も評判だったが、華やかな相貌も評判通りだと思った。院長は目の冷めるようなクールな美貌だし、弟の獣医師のほうはふんわりとやさしい雰囲気の美青年だった。

「ありがとうございます。そう言っていただけると心強いです。この子のほかにあと一〇匹いますので、店が落ち着いたら健康診断もお願いしたいと思ってるんです」

良好な関係を築きたいのだと、努《つと》めてにこやかに返した。その笑顔が、直後に凍りつくことになろうとは、このときは露ほども考えてはいなかった。

「おふたりで切り盛りされているんですか？　それで急患にまで対応されて往診もなんて、大変ですね」

半分は社交辞令だったが、半分は本心からの言葉だった。自分もひとりで店を切り盛りしていかなくてはならないが、開店時間と閉店時間はきっちり決まっているし、業種柄、それが早まったり客の都合で遅くなったりすることはまずない。だが病院は、そういうわけにはいかないだろう。相手は生き物なのだから。

「家族経営なので、互いにワガママ言い合って、なんとかやってます。一番下の弟も、まだ学生ですけど、受付や雑務なんかは手伝ってくれますしね。何より、家事を全部ひきうけてくれてるので、助かってますよ」

「三人兄弟なんですか？」

そんな話、円哉が聞いたご近所の評判のなかにはなかった。たしかに円哉は、「獣医師の評判」しか尋ねはしなかったけれど。家族構成なんて、獣医師の腕には関係ないと思ったから。

「えぇ、男ばっかりで……。あぁ、ちょうどよかった。噂《うわさ》をすれば……です」

「……え？」

院長が、円哉の背後、病院の出入り口へと視線を投げた。円哉はそれを追おうとした。直後、自動ドアの開く音がして、どこかで聞いた記憶のある声が、たしかに円哉の鼓膜に届いた。

「ごめん、ちょっと遅れた……」

――……え？

普段なら忘れてしまっていただろうそれを、覚えている自分自身にも驚いた。爽やかさの奥に甘さのあるバリトンだった。

「末弟の皇貴です」

紹介してくれようとする院長の言葉を、無視するわけにもいかない。恐る恐る上げた視線の先に見たのは、想像通りの顔。例の、どやしつけてしまった青年が、そこにいた。

「こちらは水嶌さん。斜向かいにオープンするキャットカフェのオーナーさんだ。ご挨拶にいらしてくださったんだ」

「……キャットカフェ？」

院長が、「おまえも挨拶しなさい」と、弟を促す。

円哉の顔をマジマジとうかがって、青年が呟《つぶや》いた。

「よ、よろし……く……」

ヒクッと、頬が引き攣《つ》った。だが、内心の焦りを八方美人の仮面の下になんとか隠し、必死に平静を装おう円哉とは対照的に、助けたはずの相手から理不尽な罵声を浴びせられ、怒っていてもおかしくないはずの青年は、その端整な口許に爽やかな笑みを浮かべて、ゆっくりと歩み寄ってきた。

差し出された手を、握り返さないわけにはいかなかった。

ここで本性をばらされて、病院と良好な関係を築けなくなるのは非常に困る。

円哉が咄嗟《とっさ》に働かせたのはそんな打算だったのだが、ふたりの兄に目いっぱい愛されて育ったらしい青年は、自分とは違い歪んだところなどかけらも持ち合わせていないらしい。初対面での円哉の態度を責めもせず、円哉に病院内を案内してくれたうえに、試供品でたくさんもらうからと院長がおすそわけしてくれたダンボール一杯のキャットフードのサンプルを、店まで運んでくれもした。

「この店、ひとりでやるんですか？」

出迎えに出てきた猫たちをあやしながら、店内にぐるっと視線を巡らせて、彼は少し驚いた顔をした。

「人手が必要なときは言ってください。手伝います」

このときは、社交辞令だと思っていた。あの、仕事に厳しそうな院長から、礼儀を叩き込まれているのだろうと思った。

だがその翌日、閉店後の後片付けを終えた円哉が厨房で翌日の営業のための仕込みをしていたら、病院の手伝いを終えたらしい彼がやってきて、掃除をはじめた。

さらに翌日には、つくりすぎたからといって、大きなタッパーにおかずを山盛り携えてやってきた。

それが三日つづいて、さすがに我慢しきれなくなった円哉が、「いいかげんにしてくれ」と怒鳴ったら、

「やっと本当の顔見せてくれた」

皇貴はそんなふうに言って、満足げに微笑んだのだ。

呆れるあまり言葉を失ってしまった円哉は、彼の行動の真意を問えないまま、ズルズルと青年の存在を受け入れてしまった。

しばらく経って、なぜこんなことをするのかと尋ねた円哉に、青年は「好きな人には、とことん尽くしたいタイプなんだ」と、自分を評してみせた。

飾ったところのない、ともすればサラリと聞き流してしまいそうな口調だった。

その言葉の意味するところに絶句した円哉は、大人の打算を働かせ、気づかないふりで受け流すことに決めた。

店は開いてしまったのだ。今さら引っ越せない。だとすれば、ニッコリ笑って良好な人間関係を築いていくよりない。これまで、そうしてきたように。

そして数週間。

皇貴の存在は、円哉の日常のなかに、あたりまえにあるものとして、すでに認識されはじめていた。

ご馳走になっておいて何も返さないのも気が引けるから、食後のコーヒーは円哉が淹れる。仕入れた豆のなかからおすすめのものを日替わりで、ときには円哉オリジナルのブレンドで淹れてやるのだ。

皇貴の膝の上ではヴァナディースが丸くなり、すぐ横の椅子には三毛猫の「あられ」が陣取っている。マグカップがふたつ載ったトレーを手に円哉がテーブルに戻ると、奥の部屋のソファで寝ていた黒猫の「あんこ」がやってきて、円哉が座るはずの椅子にぴょん！　と飛びのった。

「こーら、あんこ、どいてくれないと座れないだろう？」

言ってもどかないので、しかたなく浅く腰かける。すると「あんこ」が膝に移ってきて、円哉はやっとゆったりと腰を落ち着けることができた。

皇貴の前にマグカップを置き、自分も湯気を立てるそれを口に運ぶ。円哉が口をつけたのを見てから、皇貴は自分もカップに手を伸ばす。ここでは客なのだから円哉に気を遣う必要はないだろうに、たぶん兄たちの躾《しつけ》の賜物だろう、訓練された犬さながら、皇貴は礼儀正しい。許してもいないのに店に押しかけてくることを除けば、だが。

「前から聞こうと思ってたんですけど、あんこにもなかにザラメに……みんな甘い物やその材料の名前なのに、なんでヴァナだけ違うんですか？」

そういえば…と思い立った顔で、皇貴が尋ねてくる。

猫たちは、もともと円哉が飼っていた野良上がりの猫たちに加え、この店を開く前に客のさまざまな嗜好に応えようと意識して飼った血統書つきの洋猫が数匹。だがヴァナディースだけは違う。この子は本来あずかりものだったのだ。それが預け主が引き取りにこられないままズルズルと期間を延ばされ、飼い猫同様になってしまって、ヴァナのためにもと引き取ることになったという経緯がある。

「ヴァナだけは元のオーナーが名づけたからね。北欧神話の研究家で、お洒落な人だから、ゴテゴテした名前ばかりつけるんだ。歴代のペットにも、呼びにくい名前ばっかりつけてたな」

「……元のオーナー？　それって……」

何者なのかと訊《き》こうとして、だが円哉が口にしないことを訊くのも失礼だと、この短い一瞬の間に考えを巡らせたらしい。皇貴が、らしくなく言葉を濁す。

親代わりだという院長にそうとう厳しく躾けられたようで、皇貴は今どきの十代とは思えないほど礼儀正しい青年だ。裏を返せば、若者らしくない、ということになるのだが、だからといって若者らしい話題に疎《うと》いのかというとそういうわけでもなく、流行りの音楽や話題のドラマ、ゲームなどの話を振ってもよく知っている。

一方で、厳しく躾けられてはいるものの、ふたりの兄にそうとう構われ甘やかされて育ったのも事実のようで、ときどきその大人っぽいビジュアルに似合わない、ワガママで強引な態度に出ることもあった。

「君には関係ない人だよ」

皇貴が訊きたがっていることをわかっていて、円哉は意味深な眼差しを投げると、意図的に突き放す言葉を口にする。生活を引っ掻き回されていることへの、ちょっとした仕返しのつもりだった。

だが皇貴は、少し驚いた顔をしたもののそれ以上問いただしてくることもなく、円哉は肩透かしを食った気分で肩を竦め、手のなかのマグカップに視線を落とす。

「ヴァナは恵まれてますね。円哉さんに引き取ってもらえて」

「そうかな？」

「俺も円哉さんに引き取ってもらいたいな」

そうくるか。

おとなしく引き下がったのかと思っていたのに。

「僕は猫しか飼わないの。当店は犬お断り」

「……犬？」

犬＝《イコール》自分のこと、だとすぐに気づいたらしく、「ひどいな」と苦笑して、膝の上のヴァナを撫でる。ノルウェージャンフォレストキャットはかなり大型の猫だ。円哉の膝でははみ出てしまう巨体も、皇貴の膝には余裕のようで、ヴァナが安心して寝入ってしまうのもわかる。

「ボスにも、新しい家族ができるといいんだけど」

犬という単語を聞いて思い出したのか、皇貴がポツリと言う。その言葉から、病院内を案内してもらったときのことを思い出し、円哉は視線を向けた。

「あのフレンチブルドッグ？」

挨拶に行ったとき、病院の一番奥、入院患者用のケージの隅に、怪我をしているようでもないし、入院が必要なほどの病気でもなさそうだし、ペットホテルはしていないと聞いたのに、どうしてここにいるのだろうかと、円哉が首をかしげたフレンチブルドッグの老犬がいたのだ。

なんでも、元の飼い主が負担つき遺贈というかたちの遺言――この場合、ボスの面倒を見ることが遺産相続の条件として付加され、それが履行されない場合には、相続の権利を失うというものだ――を遺して亡くなったらしいのだが、遺産とともにボスを相続した新たな飼い主は、病院にボスをあずけたっきり、様子を見にもこないらしい。

ひどい話だ。素直にそう思って、老犬に声をかけようとケージのなかに手を忍ばせた円哉だったのだが、その円哉を、ボスはサクッと無視してくれた。無反応ならまだいい。顔を背けられたのだ。

なんだこいつ、と思って、ついつい零れ落ちた言葉。

――『……可愛くない』

兄たちの前ではこれでもかと愛想のよかった円哉が、自分とふたりきりになったとたん本性を現したと思ったのか、あのとき隣であれこれ説明をしてくれていた皇貴が、唖然とした顔でこちらに視線を向けたのを、円哉は見逃さなかった。

慌てて表情を繕《つくろ》ったのだが、すでに今さらで……以来、皇貴の前では、いつもの八方美人も崩れがちなのだ。

「あんなに愛想がないんじゃ、引き取り手もないだろ」

愛情は一方通行ではつまらない。だから君も、いいかげん自分に構うのはやめたらいい。

そう匂わせたつもりだった。けれど皇貴は、口許にかすかな笑みを浮かべはしたものの、気づかないふりでサラリと流して、円哉の口にした言葉に対して、額面通りの言葉で返してくる。

「冷たいな。兄さんたちの前じゃ、『早くお迎えが来るといいですね』って言ってたくせに」

「君の前でいい人ぶってても意味ないからね」

「すっかり騙《だま》された」

「僕はもういい大人だからね。青少年を騙すくらい、お手のものだよ」

自分の何が気に入ったのかわからないけれど、初対面のときの微笑みに騙されただけなら、もう目は醒めただろう？　と突き放す。よくいるのだ。八方美人なのは、円哉にとって生きる術でしかないのに、その笑みを、自分に都合よく受け取る人間が。

「それくらい強《したた》かじゃなきゃ、この歳《とし》でこんな店、持てるわけないだろう？」

兄たちに守られて育ってきたのだろう、濁りのないまっすぐな眼差しを持つ青年に、悪い大人に騙されてはいけないと諭す。だが青年は、邪気のない微笑みの奥から妙に艶っぽい表情を覗かせて、円哉の顔を覗き込むように視線を合わせてきた。

「もう俺にその手は通じないよ」

それは、円哉の本当の顔ではないと、指摘される。今まで周囲の人間に、素顔を曝すようなことはなかった。完璧な八方美人を演じてきたのに。再会するとわかっていたら、あんな態度はとらなかった。本当に大失態だ。

「……可愛くないな。お兄さんたちの前と僕の前とじゃ、態度にずいぶんと差がないか？」

ふたりの兄の前では完璧に躾けられた使役犬《しえき》を装っているくせに。

「とにかく、僕なんかに構ってても、時間の無駄だよ。獣医学部って、女の子少ないわけじゃないだろう？　学校でもモテてるだろうに」

いったいなぜ、彼が自分に構うのか、円哉には理解できない。好かれるような言動をとった覚えはないし、なにせ出会った直後からだ、疑問に感じるのが普通ではないか。

円哉は、そういうつもりで言ったのだが、皇貴から返されたのは、実に不敵で図々しい言葉だった。

「それって、俺がどんなつもりで通ってきてるのかは、ちゃんと理解してくれてるってことだよね？」

「……っ」

やっぱり、可愛くない。「好きな人には――」と、あのとき聞いた言葉を円哉がなかったことにしていることに、皇貴は気づいているのだ。気づいていて、円哉の出方をうかがっている。

「どんなって？」

ムカついたから、シラを切り通すことにした。

ちゃんと正面から言われたわけではないのだから、ちゃんと考える必要はないはずだ。

すると皇貴は、ふいに口許に浮かべた笑みを消したかと思ったら、ずいっと身を乗り出してきた。

「ちょ……何……っ」

「みぎゃっ」

「ふみゃぁ」

慌てた円哉が椅子から腰を浮かせて、ふたりの急な動作に驚いたヴァナディースと「あんこ」が、不満げな声を上げて床へ飛び降りる。

中腰の状態で身体を仰《の》け反《ぞ》らせ、皇貴の腕から逃げた円哉は、しかし皇貴が自分の二の腕を摑《つか》んだだけでとまっていることに気づいて、眉間に皺を寄せた。

「揶揄《からか》ったのか!?」

「何をされると思ったの？」

「……っ!?」

見上げてくる黒々とした瞳には、悪戯《いたずら》な色。生真面目そうな好青年だと思って油断していたらこれだ。自分のほうこそ、仮面の下に本性を隠しているのではないのか。そんな疑念すら湧《わ》いてくる。

「円哉さんて、ホント猫みたいだ」

「そういう君は、完全に犬だな」

「俺、気位が高くて警戒心の強い猫を懐かせるの、得意なんだ」

「……僕は犬が嫌いだ」

相手の都合など考えない、愛情の押し売りをする。目の前の青年のように。

大抵の相手なら、これくらい言えば引っ込む。怒りも露《あら》わに捨てゼリフを残して背を向ける者もいる。円哉は、他人に干渉されたくないのだ。これまでずっと、そうやって生きてきた。

だが案の定、目の前の青年に、円哉の意志は通じなかった。

「明日の夕飯、何がいい？」

リクエストを聞かれたのははじめてだった。

つまり、これからもこうして通ってくるつもりだと、宣言しているのだ。

「僕だって料理くらいできる」

この店で提供しているメニューは、全部手づくりなのだ。皇貴に面倒を見てもらわなくても、餓えたりしない。

言うと、皇貴は「ホントに？」と疑わしげな眼差しを向ける。

「円哉さん、猫と店のことには一生懸命だけど、自分のことは適当にしそうだ」

痛いところを突かれて、ぐっと口ごもる。たしかに円哉は、集中しはじめると、食事など自分自身のことに関しては、疎かにしがちなタイプだった。

「それに——」

言葉を切って、皇貴はすっくと腰を上げる。そして、いまだ警戒心いっぱいに見上げる円哉に歩み寄って、身を屈《かが》めた。

「俺が、一緒に食べたいんだよ。——好きだから、傍にいたい」

甘い声が落ちてきた、と思った途端、額に温かいものが触れた。

——……っ!?

「な……っ」

我に返って拳を振り上げたが、一瞬遅かった。大股にテーブルの向こうに逃げた皇貴は、来るときに持参した鍋とタッパーを抱えて、悪びれない顔で振り返る。

「おやすみなさい」

爽やかな笑顔が、憎たらしくてしかたない。

「もう……っ、来なくていいからっ！」

怒鳴っても、無駄だと心のどこかで諦めている自分がいる。

理想の空間で猫たちに囲まれて、穏やかな新生活……のつもりだったのに。店をオープンさせて以降ずっと、円哉の日常はなぜかこの調子。

慌《あわ》ただしくて、落ち着かない。

でも過去ないくらいに、笑ったり怒ったりしている気がする。

「……疲れた」

椅子にどっかりと腰を下ろす。心臓がバクバクと煩《うるさ》い。心配げな顔で足元に戻ってきたヴァナを抱き上げて、ふわふわの毛に頬擦りをした。

「……ビーフストロガノフの匂いがする」

きっと、食事の間中ずっと、皇貴が抱っこしていたからだ。

──『好きだから──』

聞かなかったことにする。聞こえなかったことにする。

思わず眉間に皺を寄せると、ヴァナディースの金の瞳が、どうしたのかと下からうかがうように円哉を映した。

2

人生の道筋は、ずいぶん幼いころに決まっていた。

物心ついたときには、皇貴《こうき》は動物に囲まれていて、父親が「動物のお医者さん」であることを自然と理解した。

そのときすでに母は亡かったが、ふたりの兄が母親代わりもしてくれた。正確には、一番上の兄が母親代わり、二番目の兄が、遊び相手としての兄、という役割分担。

そのふたりの兄が、父の背を追うように獣医を目指すのを見て、自分も獣医になるのがあたりまえだと思っていた。

男所帯で、自然と家事を引き受けるようになったのは、皇貴がまだ小学生のころのこと。父亡きあと院長に就任した長兄と、学業に忙しかった次兄の手を煩《わずら》わせまいと、家のことをひきうけてきた。

自分でも、結構よくできた弟だと思う。

歳の離れた長兄は皇貴にとっては絶対的な存在で、惜しみない愛情を注いでくれるかわりに、いろいろ厳しかった。その兄を喜ばせたくて、幼いころから勉強もがんばったし、家のことも手を抜かなかった。

凛々《りり》しい長兄だが、人一倍努力家で人一倍繊細であることを、皇貴は知っていた。母の顔を覚えていない皇貴が寂しい思いをすることのないように、早くに父親まで亡くしたことで理不尽な思いをすることがないように、守ってくれていたことも知っていた。

二番目の兄は、少し歳は離れているものの、皇貴にとっては敬う相手というより守ってやる対象だった。ぽやっとしていて実年齢より若く見えるし、何より純真で危険極まりない。

皇貴にできることは、兄たちの期待に応えること。そして、背丈も肩幅も兄たちを追い越してからは、今度は自分がふたりを守るのだと、そう思っていた。

でも、長兄には十年来の親友がいて常に兄を見守ってくれていたし、次兄にも最近になって兄弟よりも大切な存在ができた。

毎晩のように兄たちのために夕飯をつくる必要がなくなって、獣医としては有能なものの一般的な生活力にいささか欠如した兄たちの身の回りの世話を以前ほど焼く必要がなくなって、肩の荷が下りたと同時に、虚無感に襲われた。

大学はあと五年ちょっとあるし、そのあとの国家試験に受からなければ獣医にはなれない。病院は、院長である長兄と獣医師の次兄だけで切り盛りしていて、決して暇ではないから、受付や雑務を手伝わなくてはならないし、学業と病院の手伝いとで皇貴の日常は何かと忙しい。

でも、退屈だな〜と、思いはじめていた。

兄たちは相変わらず皇貴のことを構ってくれるけれど、恋人が迎えにくればいそいそと出かけていく。病院第一の長兄にも長い付き合いの親友がいて、皇貴の目にふたりの信頼関係は、特別なものに見えた。

男兄弟なのだから、いずれおのおの独立することになるのかな…と漠然と考えたことはあったけれど、でも一番下の立場としては、置いていかれるようでちょっと寂しい。兄ふたりはもう社会人で生活力があるけれど、自分はまだ学生で、認めたくはないけれど子どもだ。だからこそ、ふたりの役に立ちたいと思って、家のなかの一切をひきうけていたのだ。

御役御免というわけではないけれど、手持ち無沙汰になったのは事実だった。

皇貴は、世話焼きな自分を自覚している。

かといって、誰にもでやさしいかというと、そういうわけでもない。長兄の躾の賜物で、フェミニストではあるが、本当に大切な存在にしか尽くさないタイプだ。

中学のころから彼女はいたけれど、どの子も皇貴のなかでふたりの兄以上の存在にはなり得なかった。だから長つづきしなかった。

尽くされるよりも尽くしたい。世話の焼ける兄たち以上に尽くし甲斐のある存在に、出会えないものか。

そんなことを考えていた。

その矢先のことだった。円哉《まどか》と出会ったのは。

「Mッ気はないつもりだったんだけどな」

病院の受付カウンターに座って、出入り口のガラスごし、道路向こうの店を見やる。まるでペンションかイタリアンレストランのような可愛らしいつくりのキャットカフェは、一見して円哉の艶やかな容貌と結びつかないけれど、でもあれが素のままの円哉の姿ではないかと皇貴は思うのだ。

客に見せる隙のない営業スマイルでも、皇貴の前でだけときおり浮かべる蓮《はす》っ葉《ぱ》を気取った表情でもなく、本当はもっと違う顔を持っている気がする。

それを、見たいと、思った瞬間には、嵌《はま》っていた。

完璧な八方美人を気取る円哉が、自分の前では違う表情を見せる。

それは、円哉にとっては計算外の事態だったらしいが、皇貴にとっては天使の鐘が鳴り響いた瞬間だった。

店の駐車場は、だいたいいつも半分ほど埋まっている。

すでにご近所の主婦連中を常連にしてしまったらしく、ランチタイムともなれば駐輪場はいっぱいだ。

可愛らしい猫たちの出迎えはもちろん、見目麗しい店長の存在も話題になっていることに、円哉は気づいているのだろうか。真っ白のシャツにワンショルダーのギャルソンエプロン、ストイックさを強調して見えるはずの恰好で猫を腕に涼やかな笑顔を振りまくのだから、女性たちにはたまらないだろう。異性のみならず、一部の同性にも同じことが言える。

「あのときのチンピラ、完璧にナンパモードだったもんな」

初対面の日、チンピラに絡まれていた円哉を助けた皇貴が、なぜ恋人のふりをしたのか。円哉は果たして理解しているのだろうか。男たちが円哉に向けていた眼差しには、ハッキリと下衆《げす》な色が見てとれたのだ。

「わかってないいんだろうな〜」

兄たちと一緒だ。次兄の依月《いつき》もだが、自分はきつくてしっかりしていると思い込んでいる長兄のほうが、実は危ないと皇貴は踏んでいる。だがふたりには、守ってくれる人がいる。自分などがでしゃばらなくても降りかかる危険を回避できるだろうし、事実そうできている。

けど、円哉は……。

「何、ボーッとしてるんだ?」

声をかけてきたのは、ここ《はるなペットクリニック》の院長で長兄の静己《しずき》だった。手にしたカルテファイルでパコッと皇貴の頭を叩いて、顔を覗き込んでくる。

ペラペラのもので軽くはたかれただけだから痛いわけではないが、不満を訴えるために頭を擦《さす》りながら首を巡らせると、皇貴の記憶のなかではずっと変わらないように見える涼しげな相貌があった。

「カルテの整理は？」

「終わってるよ。表も『診療終了』にしてある」

「ご苦労さん。もう上がっていいぞ。明日も一限からあるんだろ？」

白い手が、皇貴の頭を撫でる。皇貴を労《ねぎら》うとき褒めるときの、長兄の昔からの癖だ。十以上も歳が離れていると、いつまで経っても子ども扱いだ。だが、それが嫌なわけではない。思春期にありがちな反抗期とも、皇貴は無縁に育ってしまった。それがいいのか悪いのかは、本人にはわからない。

「いっちゃんは？」

次兄の依月はどうしたのかと問うと、

「ボスと話してる」

円哉曰く、可愛いげのないフレンチブルドッグのことを、一番気にかけているのは依月だ。次兄の哀しげな表情を見たくないというのもあって、長兄も皇貴も、はやくボスをなんとかしてやりたいと思っているのだが……。

「依月！　もう上がるよ！」

「あ、はーい！」

院長に呼ばれて、奥から声が返ってくる。

久しぶりに三人揃っているし、今日は兄たちのために夕飯をつくろうかと腰を上げた皇貴だったのだが、その予定は即座に撤回することになってしまった。

病院の診療時間が終わるのを見計らったように、駐車場に一台の車が滑り込んでくる。シルバーメタリックのセダンだ。それを見た長兄は、やれやれといった様子で嘆息して、奥から出てきた次兄に視線を投げた。その次兄の表情が、パァッと明るくなる。

「依月……」

次兄に何やら言おうと口を開きかけた長兄は、しかし、つづいて鼓膜に届いた爆音に、眉間にくっきりと皺を刻んだ。駐車場に、もう一台車が滑り込んでくる。今度はセダンではない。派手なスポーツカーだ。

「——ったく」

長兄が毒づく。その背後では、次兄がいそいそと出かける準備をはじめていた。

セダンは大企業の社長職にある次兄の恋人のもの、スポーツカーは元ホストという肩書きを持つ長兄の親友の愛車だ。

どうやら今日も、ふたりとも夕飯はいらないらしい。


相手が客なら、少々のことは我慢する。たとえどれほど腹に据えかねても、ニッコリ笑って応対すれば、大抵のことはおさまりがつく。

だが、相手が客でもなく、単に礼儀を欠いただけの存在ならば、気を遣う必要はない。

「お帰りください。ロクな挨拶ひとつできない業者と、取り引きする気はありませんので」

閉店直後、断りもなくズカズカと店に入ってきた男は、馴れ馴れしい口調で浄水器のパンフレットを差し出してきた。手にした大きな荷物は、浄水器そのものなのだろう。

「そうおっしゃらず、ぜひ見ていただきたいんですよ。ご近所でも買っていただいてますしね、もちろん動物の健康にもいいんですよ」

ベラベラと、こちらに口を挟む隙を与えず、ガラの悪い営業マンは常套句《じょうとうく》を畳みかけてくる。

その、腹立だしいほどに流暢な売り込み文句の隙間に強引に割り込んで、円哉はピシャリと言った。

「何度も言いますが、うちではすでにアルカリイオン水を使っています。ただの浄水器になど興味ありません。あまりしつこいと警察に通報することになりますよ」

「そんな物騒な……」

「許可証、見せていただけますか？」

訪問販売員には、登録制度がある。特定商取引に関する法律やセールスマナーなどについての教育を受け試験に合格した者だけに、社団法人日本訪問販売協会から「訪問販売教育登録証」が発行されるのだ。携帯が義務づけられているわけではないが、正規の販売員なのかどうかを判断する目安にはなる。

「いや……それは……」

円哉の指摘に、男はしどろもどろになった。

こういう場面に出くわすのは、はじめてのことではない。以前、修業のために勤めていたキャットカフェやペットショップでも、性質《たち》の悪い営業マンに居座られることはたびたびあった。

そういうときの対処法として、まず「許可証」の提示を求めるというのは、初歩の初歩だ。

だが、あとはひと睨みでもして丁重にお帰りいただけばすむところ、余計なことを言ってしまうのは円哉の防衛本能ゆえ。だがそれが、ときに無用なトラブルを招くこともある。

「携帯してらっしゃらないんですか？　それとももともとお持ちでないんですか？　不携帯ということなら、もう一度セールスマナーについて勉強し直してからいらっしゃってください。お持ちでないのなら、迷惑行為として通報させていただきます」

電話の子機をとり、いったん通話ボタンを押してＯＦＦにする。それから一一〇とダイヤルして、再び通話ボタンの上に指を置いた。それを見せつけるように男を振り返る。先に礼儀を欠いたのは向こうなのだから、容赦《ようしゃ》する必要はない。円哉がより強硬な態度で臨むと、それまで下手《したて》に出ていた男が、途端に態度を豹変させた。

「待てよ！　なんもしてねぇだろっ」

円哉の手から子機を奪おうと、飛びかかってきたのだ。

「な……っ!?」

男の体当たりを食らって、円哉は床に倒れてしまう。その円哉に馬乗りになってがむしゃらに子機を奪おうとする男の様子は、尋常ではなかった。後ろめたいところは間違いなくあるわけだから、当然と言えば当然だろう。

だが円哉も、こんな乱暴を働かれて、黙って帰すつもりはサラサラなかった。

——こいつ……っ。

通話ボタンの上に置いた指に、力を込めようとしたときだった。

店のドアベルがけたたましく鳴って、人が駆けてくる靴音がしたかと思ったら、身体の上にあった重みがふいに消えて、店内に騒音が轟いた。

何かが割れるような音はない。だが、椅子が数脚なぎ倒されたことは間違いないだろう。それまで、危険を察知して奥の部屋や二階に避難していた猫たちが、途端に騒ぎ出す。円哉を気遣うように駆け寄ってきたのは、ヴァナディースだった。

「ヴァナ……」

「ふみゃあ!」

ヴァナを抱いて、子機を手に身体を起こして、店内の様子を確認する。自分の上から無礼な営業マンをどけてくれたのが誰なのか、円哉には予想がついていた。

「皇貴……」

倒された椅子の向こうには、想像通りの光景。

いつもの爽やかな好青年の顔などどこへやら。牙《きば》を剝《む》いた剣呑な顔で、皇貴が営業マンを絞め上げている。

「な、なにを……す……」

「それはこっちのセリフだ。――円哉さん、警察呼んで」

「ちょ、ちょっと待ってくれ……っ」

円哉が子機を操作しようとするのを見て、営業マンは悲鳴のような声を上げた。

「も、もう来ない！　来ないから！　見逃してくれ！」

どうする？　と、皇貴が視線で問いかけてくる。それに頷《うなず》いて子機を充電器に戻すと、皇貴は男の胸倉を摑んで立たせ、荷物ごと外に放り出した。

「二度と来るな。次は警察に突き出すからな」

店のドアに鍵をかけて、ホッと息をつく。

だが、やっとトラブルから解放されたと安堵《あんど》した円哉を襲ったのは、皇貴の叱責だった。

「何してるんだよ！　その子機……通報するぞ、とか脅したんだろ!?　そんなの逆効果だって、ちょっと考えればわかるじゃないか！」

はじめて聞いた皇貴の怒鳴り声に目を丸くした円哉は、ムッと口許を歪めて、でも言葉を返すかわりに、倒された椅子を起こした。それに倣《なら》うように、皇貴が残りの椅子も起こして手際よく店内を整え、逃げる隙を奪ってしまう。

「セキュリティは？　入れてないの？」

今度はやさしく問われて、いたたまれず、円哉はヴァナを抱いたままふいっと顔を逸らした。

「……予算オーバーだったんだ」

円哉の返答を聞いて、皇貴がため息をつく。

「ひとり暮らしなんだから、気をつけないと……」

頼りないと言われているようで、面白くない。学校を卒業して以降ずっと、円哉はひとり暮らしだ。それでも今までは問題なくやってきた。

「猫たちがいる」

「猫は、番犬の役目はしてくれないだろ？」

「番犬なんて必要ない。ここはキャットカフェだ」

どちらが年上なのかわからないやり取り。心配してくれる皇貴に対して失礼この上ないとわかっていて、言葉を止められないのにはちゃんと理由があった。

「ごめん」

「なに……っ」

ふいに伸びてきた手に、二の腕を摑まれる。ビクリと肩を揺らしてしまって、しまったと思ったが、視線の先に見た皇貴の表情からすべてを知られているのだと気づいて、諦めた。

「震えてる」

静かな声で指摘されて、負けん気が咄嗟に頭を擡《もた》げる。

「震えてなんか……っ」

「ごめん。怖い思いしたばっかりだったのに、怒鳴ったりして」

けどそれも、自分を気遣ってくれる皇貴の声を聞いたら、しなしなと萎《しお》れてしまった。

「別に……」

腕に抱いたヴァナを手放せないのは、温もりが欲しいから。この温かさが、少しずつ恐怖を消し去ってくれるように感じるからだ。

身体を強張らせ、立ち尽くす円哉のすぐ脇に立った皇貴が、そっと背中を押す。

「奥のソファのほうがよくない？」

椅子よりソファのほうが身体を休められるだろうと促してくれる。背中に添えられた皇貴の手の温かさに、震えがスーッと引いていくのがわかった。


ソファで身体を休めていたら、猫たちが円哉を気遣うようにゾロゾロと集まってきた。

膝の上にはヴァナ、両隣に「かのこ」と「ぷりん」、ソファの背の上には「サブレ」と「シフォン」がのっかっている。向かいのソファと、出窓のスツールに残りの六匹が陣取って、十一匹が勢ぞろいした。

「みんな集まってるのか」

厨房で持参の鍋のなかみを温めていた皇貴が、大きなトレーを手に戻ってくる。それをローテーブルに置いて、「かのこ」を膝に抱き上げ、かわりに自分が円哉の隣に腰を下ろした。

「少しは落ち着いた？」

テーブルに皿を並べながら、気遣う言葉をかけてくる。

「……ありがとう。助かった」

ニッコリと営業スマイルを浮かべながらなら、どんな詫びの言葉も礼の言葉も、スラスラと出てくるのに、本心からの言葉となると、素直に口にすることができない。自分は本当にどうしようもない人間だと唇を嚙んで、円哉は腕のなかのヴァナに視線を落とした。皇貴の顔が、見られなかったのだ。

「一瞬、鍋のなかみをぶちまけそうになったけどね。そんなことしたら、店を汚すなって、あとから叱られると思って、我慢したんだ」

そういう今日の鍋のなかみは、サラリとしたホワイトシチュー。厨房の冷蔵庫にあったものらしい残りもの野菜でつくったサラダと、サンドイッチメニュー用に買ってあったパンが添えられている。

「仕上げの煮込みは、店の厨房でやればよかったな」

そうしたら、円哉を危険な目に遭《あ》わせることもなかったのにと呟く。ゆるゆると顔を上げた円哉は、そんな皇貴の横顔に視線を投げて、大きなため息をついた。

「ホントに君は……」

自分がどんな人間なのか、彼は知っているはずなのに。愛想のいい笑顔など仮面にすぎなくて、本性はあんなに喧嘩っぱやくて。年下の学生に庇《かば》われて窘《たしな》められても、素直に礼を言うことも詫びることもできないような、そんな人間だと知っているはずなのに。

「なんで来たの？」

この前、突き放したのに。

「君は僕の本性を知ってるだろう？　僕なんかに構ってたって、いいことなんにもないって、もうわかっただろう？」

前回も言った気がする言葉。それに対して返されたのは、やはり言われた気のするセリフだった。

「一緒に、ご飯食べたかったから」

たしかに、皇貴はそう言った。

好きな人の傍にいたいと、純粋な感情を向けてきた。でも、その理由は聞いていないし、聞いてもたぶん円哉には理解できない。

「茶化さないで」

恐怖からくる興奮がまだ残っているようで、つい声を荒らげてしまう。そんな円哉を窘めつつ、皇貴はテーブルセッティングの手を止めて、円哉に視線を向けた。

「茶化してなんかない。全部本当のことだよ。わかってくれたんじゃなかったの？」

「……え？」

「俺が通ってくる理由。俺がどんなつもりでこうしてるのか、わかってるって言ったよね？」

「……っ」

わかってるって意味だよね？　と、突っ込まれはしたが、自分の口からは言っていない。そう返したかったのに、どのみち結果は同じに思えて、円哉は口を噤《つぐ》んだ。

「二重人格でも少々性格に難ありでも、俺は全然気にならない」

全然褒めてない言葉を言われているのに、その声色がやさしいからだろうか、それほど嫌な気持ちにはならなかった。いくらかムッとさせられただけだ。

だが、つづいてかけられた言葉には、唖然とするあまり目が点になってしまった。

「そんな円哉さんに、たぶん一目惚れだったから」

一目惚れなんてそんな言葉、この世に存在するなんて、円哉は信じていない。

そんな簡単に人を好きになれるなんて、ありえない。

どれほど深く知り合っても、人間は裏切る動物なのだ。言葉すら交わしたことのない相手に好意を抱けるなんて、円哉にとっては考えられないことだ。

しかも、一般的に欠点としか言えない部分を、好きになっただなんて……。

「円哉さんはいろんな顔を持ってる。でも俺は、まだ全部の顔を見てない。本当の円哉さんを知りたい」

「……なに、それ」

呆れるあまり、声がオクターブ下がってしまった。上ずって聞こえるのは、笑ってしまうほどおかしいからで、動揺しているわけではない。こんな子ども相手に、感情を揺さぶられているからじゃない。

「冷めないうちにどうぞ。あったかいもの食べると落ち着くよ」

促されて、取っ手のついたスープ皿を取り上げる。市販のルーを使わず牛乳で仕上げたシチューはやさしい味で、野菜の旨《うま》みがよく出ていた。

「……デキすぎだよ、君は」

シチューの味に感嘆を覚えつつ、ため息をつく。

「それは、俺のこと認めてくれてるってこと?」

ここで頷いたらきっと、これから先、彼がこうしてやってくることを、拒む理由がなくなるのだろうと、咄嗟に判断がついた。皇貴が、それを望んでいることも。

自分が本当に何をしたというのだろう。

彼ならきっと、もっと楽しい恋愛ができるだろうに。

——僕なんか……。

彼のような好青年が、自分などのために時間を費やすのは無駄だとしか思えない。若さというのは、本当に理解不能だ。

——若さ…か。

そうだ。若さだ。若さゆえの、情熱。熱しやすくて冷めやすい。だからきっと、今だけだ。

そう思ったら、肩の力が抜けた。もういいかと諦めて、その一方で、そんな一時の情熱に振りまわされるなんて冗談じゃないとも感じた。

「ホワイトシチューもおいしいけど、僕はビーフシチューのほうが好きだな」

返答のかわりに、そう返した。

皇貴の瞳がゆるゆると見開かれる。

「学業や病院の手伝いが疎かになってるなんて、院長先生から苦情がきたら迷惑だ。だから……」

「ちゃんとやるよ。だからいいよね？」

縋《すが》るような眼差しを向けられて、それ以上は何も言えなくなってしまった。

「好きにしたら？」

傲慢な口調だと自分でも呆れた。だから逃げるように視線を逸らした。

シチューを口に運びつつ、ソファに背を沈ませる。膝の上のヴァナが羨ましそうに鼻をヒクヒクさせるのを見て、円哉はやっと笑みを浮かべた。

3

週の半分ほどは、今まで通り、病院を閉めてから兄弟揃って遅めの夕食。残りの半分は、手料理を持参して《Le Chat《ル・シャ》》で食べる。あれ以来、皇貴《こうき》が店を訪れるのを咎められることはなくなった。

だからといって、円哉《まどか》が皇貴の気持ちを受け入れてくれたわけではないことはわかっている。根負けして、好きにさせてくれるようになっただけのことだ。それでも、当初の警戒心を解いてくれたことは間違いない。

最近では、聞けば昔のこと——店を開く前どこで働いていたのかなど——も話してくれるようになったし、皇貴の持ち込んだ料理に合わせてもう一皿つくってくれることもある。

でも、プライベートスペースに誘われたことは、まだない。店の二階、円哉の自宅スペースは、皇貴にはまだ未踏《みとう》の地だ。そろそろ次のステップに進みたいと思うのだけれど、円哉は許してくれるだろうか。

その夜、皇貴が《Le Chat《ル・シャ》》を訪れると、すでに閉店しているはずの店内に、まだ客がいた。

「いらっしゃい」

「あ、ごめん。まだお客さん……」

奥のソファ席に、ひとりの男性客。猫たちに囲まれて、優雅にコーヒーを飲んでいる。

皇貴が驚いたのは、本来この店のホスト猫ではないはずのヴァナディースが男の膝の上にいたから。あの、気位が高くて気難しくて、皇貴に懐くのを見た円哉が驚いていたほど扱いにくい猫が、男の膝で寛《くつろ》いでいるのが見えたからだ。

だが、円哉の言葉に、さらなる疑念を抱いて、皇貴は顔を強張らせた。

「いいよ、あの人は。客であって客じゃないから」

「……え？」

客じゃない？

そのとき、店の奥から声が届いた。

「円哉！　コーヒーのおかわりをくれないか？」

――円哉…って……。

ただの客が、店主を呼び捨てになどするはずがない。

立ち竦む皇貴に気づいた男性客が、ニコリと微笑む。皇貴の亡父より片手ほど若いだろうか。

明るい色の三つ揃えのスーツにネクタイ、胸ポケットには派手な柄のチーフ。絵に描いたようなダンディさだが、嫌味な感じがしないのは、それが付け焼き刃なものではなく、しっかりと身についているからだろう。

「皇貴も、こっちで一緒にコーヒー飲まない？」

男性客にコーヒーのおかわりを差し出しながら、円哉が呼ぶ。彼が手にしたトレーには、皇貴の分のコーヒーカップものっていて、一瞬躊躇した皇貴だったが、携えた鍋とタッパーをいつものテーブルに置くと、奥の部屋へ足を向けた。

「こんばんは」

いったい何者だろうかと、訝《いぶか》りながらも挨拶をする。すると男性は、朗《ほが》らかに笑って、

「君が番犬くんかー」

力仕事などしたこともなさそうな、年齢のわりに綺麗な手を差し出してきた。反射的にそれを握り返すと、もう一方の手も重ねられて、しっかりと握手をかわされる。

「……は？」

いったい何を言いだしたのかと唖然としていると、男性は皇貴の反応になど頓着せず、ペラペラと話をはじめた。しかたなく、向かいのソファに腰を下ろして耳を傾けることにする。

「円哉から聞いているよ。榛名《はるな》皇貴くんだろう？　いつも美味しい夕飯を届けてくれるってね」

それじゃあまるで都合のいい家政婦じゃないか。思ったけれど、円哉が誰かに自分のことを話していたという事実のほうが重要な気がして口を噤んだ。でもその相手がこの男性というのが、ちょっと気に入らない。

「永峯《ながみね》です。久しぶりの日本でね。今度は少しゆっくりできそうなんだよ」

そう自己紹介をして、膝の上のヴァナディースを撫でる。ヴァナが気持ちよさそうに目を細めるのを見て、

「あの……もしかしてヴァナの……」

以前円哉が、ヴァナディースは元の飼い主がつけた名で、だからほかの猫たちと名付けのコンセプトが違うのだと話していたことを思い出し尋ねると、

「あぁ、ヴァナディースはもともと私の飼い猫だったんだ。でも外遊が多くてね。円哉にあずけることが多くなって、仕事で海外に移住することが決まったときに、転々と落ち着かないのも可哀相だからと思って、引き取ってもらったんだよ。キャットカフェを開くと聞いていたしね」

案の定の答えが返された。

「ヴァナはほとんど店に顔を出しませんよ。僕と皇貴にしか抱かれないし、ほかの人間の気配がするだけで、二階に隠れちゃうんだから」

円哉の口調が、いつもと違って聞こえる。浮かべる笑顔も、店で客に見せるものとも、皇貴に見せるわざとつくった艶っぽいものとも違って、とても素直な笑みだ。

「仔猫のときに甘やかしたからかなぁ。でもね、ほんとーに可愛かったんだよ」

「わかってますよ。写真なら結構です。もう何度も見ましたから」

永峯が胸ポケットに手を入れるのを見て、円哉が止める。パスケースか何かに、ヴァナの写真を持ち歩いているのだろう。

円哉にサラリとあしらわれたからか、永峯は皇貴に話を向ける。初対面の皇貴なら、自分の話を聞いてくれると思ったのかもしれない。

「ヴァナディースはね、女神の名前なんだよ」

「女神…ですか？」

「北欧神話のね。女神フレイヤの乗る戦車を引いていたのが、ノルウェージャンフォレストキャットだと言われているんだよ。その女神フレイヤが人間の前で名乗ったもうひとつの名前がヴァナディースというんだ。ヴァン《ヴァナ》神族の女神《ディース》、という意味なのさ」

永峯はかなり饒舌《じょうぜつ》なタイプのようで、皇貴に相槌を打つ隙すらあたえず、ベラベラと喋りつづける。呆気にとられていると、円哉から救いの手が差し伸べられた。

「そのへんにしてください。話に付き合わされるほうはいい迷惑です」

「つれないなぁ、円哉は。そこがまたたまらないんだけどね」

「妙なこと言わないでください」

親しげな様子に、いったいどんな関係なのかと、勘ぐりたくなるのを、皇貴は理性で必死に押しとどめた。

「厨房、借ります」

いたたまれなくなって、腰を上げる。いつものことだからと、円哉は何も言わない。持参した鍋のなかみを厨房で温め、円哉のために夕飯の用意をする。

いつものテーブルにセッティングしていると、奥の部屋からヴァナを抱いた永峯が出てきた。レジを打とうとした円哉を止めて、札入れから万札を数枚抜き、置いた。

「ダメですよ、こういうことは」

「たいした額じゃないんだから、とっておきなさい。お小遣いだよ」

そういうことは絶対に嫌がりそうな円哉なのに。軽く肩を竦めてみせただけで、永峯が置いた札を手に取り、礼を言ってレジに納める。

ヴァナを床に降ろした永峯は、カウンターから出てきて見送る円哉に軽くハグをして、「またくるよ」とウインクをひとつ残して帰っていった。背を向ける直前、そんなふたりを黙って見ているよりない皇貴に、チラリと視線を寄越して。

「ごめんね、騒がしい人で」

送迎に来ていたタクシーが走り去るのを、テールライトが見えなくなるまで見送って、円哉がやっとその瞳に皇貴を映す。

「いや……」

円哉からは、なんの説明も釈明もない。だから皇貴も、聞くに聞けなくて、曖昧《あいまい》に返すよりなかった。

「ヴァナ、よかったね。久しぶりにパパに会えて」

「みゃっ」

ゴロゴロと喉を鳴らして、ヴァナが円哉の言葉に応える。

「パパって……」

皇貴の呟きは、鍋のなかみを見た円哉の歓声に掻き消された。

「わ…ぁ、おいしそう！」

今日の円哉はご機嫌がいい。それはきっと、永峯が来たからだ。

「前に、ビーフシチューが好きだって言ってたから」

「あのときは、意地悪言ったね。でもホワイトシチューも、美味しかったよ」

こうして少しずつ心を開きはじめた円哉だけれど、でも最後の一線を、どうしても踏み越えさせてくれない。プライベートスペースに踏み込ませてくれないのも、その表れだ。

素の表情を見せまいと、どこかで殻をかぶっている。意識的に皇貴を踏み込ませまいとしている。そのかたくなさが、永峯の前では見られなかった。

「皇貴？」

気づいたら、腕を摑んでいた。

何をしようとしたのか。引き寄せて、腕に囲い込もうとして、抗《あらが》われた。

「……っ!?　何……っ」

抵抗を感じて、ハッとする。

青い顔で腕を振り払われて、我に返った。

「……っ」

傍にいることは許してくれるのに、触れようとすると逃げる。

いつもなら、気にならない反応だ。それでもいいと思って、自分は円哉の傍にいるのだから。

けれど今日は、やけに癇《かん》に障《さわ》った。

「ごめん。今日はひとりで食べて」

「……え？」

感情を抑えつけていられるうちにと、身を翻す。

「皇貴……っ!?」

皇貴の態度を訝った円哉が追いかけてくるのがわかって、乱暴にドアを閉めた。

大股に、道路を渡る。

自宅に戻ると、めずらしく兄の姿があった。長兄はまだ一階の病院にいるようだが、次兄の依月《いつき》がリビングでコーヒーを飲んでいる。

外に派手なスポーツカーが停まっていたから、階下では兄と親友の鳳《おおとり》が話でもしているのだろう。その邪魔をすまいと、次兄はリビングに上がってきたのかもしれない。

「あれ？　皇貴？　今日は早いね」

「……うん」

そのまま自室へ上がろうとして足を止め、

「いっちゃん、夕飯は？」

今日は出かけるだろうと思っていたから、何も用意していない。鍋のなかみは全部《Le Chat《ル・シャ》》に置いてきてしまった。

「いいよ。外で食べるから」

なるほど、迎えが遅れているだけか。

気をつけてと言い置いて、三階の自室へ上がる。

「くそ……っ」

吐き捨てて、壁を殴りつける。

いったい何に苛立っているのか。永峯と円哉の関係が気になるからか。

それだけではないことは、わかっている。けれど、それ以上のことは、わからなかった。


あれから五日、皇貴が姿を現さない。

鍋を返しに行こうかとも思ったのだが、病院に用があるわけでもないのに、ふたりの兄と顔を合わせたらなんと言っていいのかわからなくて、鍋はまだ厨房に置いたままだ。

あの日、急に不機嫌になってしまって、円哉になぜ？　と聞く間も与えず、皇貴は背を向けてしまった。

「何かしたっけ」

呟いて、しまくっているではないかと、自嘲する。

傲慢な態度で撥《は》ね除《の》けて、それでもめげない皇貴の好意に甘えている。いいかげん嫌になっても不思議はない。

「最初に言ったじゃないか」

好きにしろと。自分はこんなだけれど、それでもいいなら好きにしろと。

「頷いたくせに」

呟いて、自分が口にした言葉にどっぷりと自己嫌悪した。自分自身、己の性格の悪さは自覚しているが、今が最低最悪かもしれない。

こういう日に限って、妙に暇だ。日本にいる間はマメに顔を出したいと言っていた永峯も、今日は来ていない。

猫たちは昼寝の時間で店内は静かだ。客がいないから、ヴァナも二階から降りてきて、ソファの上で丸くなっている。

「もうっ、誰かひとりくらい相手してくれてもいいのに」

苛立ちを露わにしたとき、ドアベルが鳴って、来客だと思った円哉は、咄嗟に笑顔を繕った。

が、「いらっしゃいませ」の声は、より以上に元気な声によって掻き消されてしまった。

「こんにちはー！　《フルール・ド・ミサキ》です、ご注文の品をお届けにうかがいました」

大きな観葉植物の鉢を抱えて店に入ってきたのは、華奢な体格の青年。円哉よりは少し年下だろうか。近所の花屋だった。そういえば、何日か前に配達予定の連絡をもらっていたことを思い出す。すっかり忘れていた自分に呆れつつも、慌てて応じた。

だが、店に入ってきたのは、花屋ひとりではなかった。両手の塞がっている彼のために、皇貴がドアを開けている。その皇貴に礼を言って、花屋の青年は、大きな鉢をレジ横に置いた。

「先日ご注文いただいた観葉植物のお届けにきました」

店で飾る観葉植物の鉢を、買うのではなくリースしようと思って、近所の花屋に相談していたのだ。個人経営の小さな店だが、雰囲気がよく、アレンジのセンスもよかったので、観葉植物を揃えてもらえるかと尋ねたところ、店ならリースしてはどうかと提案してくれたのだ。

観葉植物を最良の状態に維持するために、定期的に入れ替えてもらうシステムだ。円哉は植物の管理には詳しくないし、傷んだ植物を置いていては客に与える印象もよくない。でもやっぱりグリーンは欲しい。店の周囲は造園業者に頼んで定期的にメンテナンスしてもらえることになっているが、店内はどうしようかと思っていたのだ。

猫がいるから植物を傷つけてしまうかもしれないし…と躊躇した円哉に、若い店員はリース業務をはじめようとしているところでこちらもまだ手探り状態だから、いろいろ意見を聞かせてくれればそれでかまわないと言ってくれた。その植物の鉢を、届けに来てくれたのだ。

「それじゃあ、セッティングさせていただきますね。それを見ていただいて、ご要望があればおっしゃってください。できるだけご希望に沿えるように調達しますので」

清楚可憐な雰囲気の青年は、その素直そうな内面を映しとったかのような楚々とした笑みを浮かべて、仕事に取りかかる。円哉が客に向ける営業スマイルとは違う、心底の笑みだ。

バンの荷台に積んできた鉢植えを、駐車場と店をいったりきたりして運ぶ青年の姿を見ていた皇貴が、手持ち無沙汰だったのだろう、「手伝います」と青年に声をかける。最初辞退していた店員だったが、皇貴の笑顔に促されて、それなら…と手を借りることにしたらしい。

自分には何も言ってこないくせに……と思ったけれど、花屋の手前口にするわけにもいかず、円哉はムスッと唇を引き結んで、カウンターに入り、必要もないのに皿を拭きはじめた。

花屋の元気な声に起こされたのか、はたまた興味を惹かれたのか、「かのこ」と「あんこ」が様子を見に出てくる。奥の部屋を見ると、すでにヴァナの姿はなかった。二階に避難したのだろう。

皇貴が鉢植えを店内に運び、店員がそれをセッティングする。

インテリア類とのバランスや、陽当たりなどを考慮して、陽の差し込む出窓に向くもの、室内の奥のほうに置いても平気なものを、高低差や葉色などを考えバランスよく配置していく。

その様子を見ていた円哉は、この店に頼んで正解だったと、すぐに確信した。

「え？　お向かいの動物病院の方なんですか？」

鉢のセッティングをしながら、青年はにこやかに皇貴と言葉を交わしている。

「うちにも猫がいるんです。お世話になっていた先生がご高齢で引退されてしまって、新しいかかりつけ医を探さなきゃって思ってたんですよ」

「見かけたことありますよ。よく店の前に座ってる大きな白猫ですよね？」

「お店の前、通られるんですか？」

「大学からの帰り道なんで。それに、うちの病院のカウンターに、そちらの花、よく飾ってありますよ。マメに届けてくれる方がいるんで」

「そーなんですかー」

ひと通りのセッティングを終えて、店員は円哉を振り返る。

「いかがでしょう？　基本的に猫ちゃんたちが食べちゃっても平気なものを選んであります。水遣りは、鉢土の表面が乾いたら鉢底から流れ出るくらいたっぷりとあげてください。受け皿に溜まった水はかならず捨ててくださいね」

世話のしかたを簡単に説明しつつ、花屋は鉢植えひとつひとつについてその名前や特徴などを話してくれる。

「ご要望になかったんですけど、出窓にだけお花の咲くものを置いてみました。グリーンのほ

うがよければ、お取り換えします」

自分の見立ては円哉の意に沿っているだろうかと、最後にうかがいを立ててくる。その誠実な仕事ぶりに安堵と満足を覚えて、

「いや、とても素敵だと思います。これで結構です」

頷きつつ、ニコリと微笑み返した。

「そうですか……よかったー」

ホッと胸を撫で下ろして、若い花屋も安堵の笑みを浮かべる。まだ開店して間もないという話だったから、緊張の連続なのだろう。一国一城の主として、円哉にも共感できる部分がある。

「もし調子が悪くなったりした場合は、ご連絡ください。すぐにお取り換えさせていただきます。管理方法も、疑問がありましたらお気軽にお問い合わせくださいね」

「ありがとうございます。教えていただいた通りにやってみます」

納品書に受領のサインをし、請求書を受け取って、支払いの確認をする。

「それからこれ、ご挨拶がわりに」

花屋が手にした底の広い大きな紙袋のなかみは、猫用の草だった。猫たちは、グルーミングのときに飲み込んでしまった毛玉を吐き出すために、繊維質の多い草を食べる。それ専用の草が園芸店などで売られているのだ。

「いただいちゃっていいんですか？　こんなに？」

「はい。うちの子も食べているものなので……仕入れすぎちゃったんです。もらってください」

それは円哉を気遣った嘘《うそ》だろうと思ったが、ありがたく頂戴することにした。

「じゃあ今度、ぜひお客様として店にいらしてください。サービスします」

円哉の申し出に、若い花屋は嬉しそうに微笑んで、快活な挨拶を残し、踵を返す。

「ありがとうございました」

ニコリと微笑んだ彼に、それまでふたりの邪魔にならないようにと店の隅に佇んでいた皇貴が、愛想よく微笑み返した。


もらった猫用の草を店の隅に並べていると、二階からヴァナが降りてきた。皇貴を見とめてたたっと駆け寄り、抱っこしろと甘い声でねだる。ヴァナの大きな軀《からだ》を抱き上げつつ、皇貴は円哉の傍らに立った。

「あの……」

「もう来ないのかと思った」

何しに来たの？　と、言外に皇貴を責める。こんなことを言うつもりなどなかったのに、花屋に愛想よくする皇貴を見ていたらなんだか腹立たしくなってきて、脊椎《せきつい》反射で言葉が零れ落ちてしまった。

「この間のこと、怒ってるの？」

この間のこと？

何をさしているのか咄嗟にわからなくて顔を上げると、円哉が理解していないことを酌《く》み取った皇貴が、怪訝そうに眉間に皺を寄せた。

「俺が、その……円哉さんに触ろうとしたから、怒ってるんじゃないの？」

「……っ！」

言われてはじめて、そういえば先日の夜、去り際に抱き寄せられかけて、慌てて抗ったことを思い出した。こんなに大事なこと、咄嗟に頭に浮かばなかったなんて、自分はどうかしている。

欲望を押しつけられるのは迷惑だ。

愛情の押し売りも御免。

そう思っていたはずだったのに、花屋に愛想よくする皇貴の態度のほうに、自分は気を取られていた。

「怒ってるよ」

今さら繕ったところで、敏《さと》い皇貴を誤魔化せるわけがない。案の定、皇貴は円哉の嘘を見抜き、追及の手を強めてくる。

「違う。あのことじゃないんだ。じゃあ何？　何怒ってるの？　俺……俺だって訊きたいことあるのに、なんで……っ」

らしくなく、皇貴も感情的だった。さすがに我慢できなくなったのかもしれない。いいかげん嫌にもなるだろう。誠意を見せても見せても、邪険にされるのだ。だから諦めてくれていいと、放っておいてほしいと、そう思っていた。

自分には信じきれないのだ。信じきれるだけの根拠を、円哉は恋愛に見出《みいだ》せない。だから拒絶するしかないのに、ひたすらまっすぐに育てられた青年は、そんな複雑な感情を酌み取ってくれない。

敏いくせに鈍くて、なのに愛し方を本能で知っている。円哉が本心ではどうしてほしいと思っているのかを、無意識にも悟っている。それが、怖いのだ。

腕を伸ばされて、サッと身を翻す。カウンターの奥に逃げると、皇貴が追いかけてきた。

「待って、円哉さん！　何を怒ってるのか、ハッキリ言ってくれないとわからないよ」

「だから！　怒ってないって言ってる！」

言っていることが、支離滅裂になってきていることに、円哉は気づけなかった。

何かが背中から迫ってくる感覚。

それは、円哉にとっては、本能的な恐怖だった。

過去の傷に繋《つな》がる、心の砦《とりで》に直結している、現実的な恐怖。

「待ってよ……っ」

皇貴は、ただ円哉をひきとめようとしただけ。だが、身体の両脇から逞しい腕が伸びてきて視界を塞いだとき、円哉は己の身体からサーッと血の気が引くのを感じた。

それが皇貴の腕であることがわからなくなる。

過去の映像と重なる。

今現在あるはずのない痛みを、腹に背中に頬に、感じた。

「——……っ!?」

「待……」

後ろから、ふわり…と抱き締められた。

いや、抱き締めているともいえない距離感だ。リーチの長い腕に、囲われただけ。

その瞬間、円哉の膝からカクンッと力が抜けた。

「……っ」

悲鳴も出ない。

円哉は、己の身体を守るように、頭を抱えて蹲《うずくま》った。

「……!?　円哉さん……っ!?」

肩に大きな手が触れる。それを、咄嗟に叩き落とした。

「触るな!!」

自分でもビックリするくらい、激しい声だった。

ビクリと、皇貴の身体が硬直する。叫んだ円哉自身、ハッと我に返って青ざめた。

「あ……」

気づいたら、膝を抱えてしゃがみ込んでいた。そのことにすら、気づけないでいた。

「円哉…さん？」

皇貴の訝る声が、耳に痛い。ぎゅっと唇を噛み締めて、両腕で自身を抱き締めた。

消えたと思っていた。

忘れたと思っていたのに。

心の痛みとともに、身体の痛みが蘇る。その繰り返し。

抜け出せない。陥った歪《ひず》みから、抜け出すことなんかできない。

「……帰って」

「……え？」

円哉の掠《かす》れた呟きが聞こえなかったのか、皇貴が聞き返してくる。そんな、なんでもないことに、今は無性に苛々させられた。

「帰って！　いいから帰って!!　ほっといて!!」

奥歯を噛み締めて立ち上がり、円哉の様子をうかがっていた皇貴の肩をぐいぐい押す。

「え？　ちょ……っ」

「もう僕のことなんかほうっておけばいいんだよ！　このお人好し！　都合よく利用されてるって気づけ！　バカ!!」

半狂乱で叫んで、大きな身体をドンッと突き飛ばす。皇貴の身体がカウンターから押し出された。

そのとき。

カラランッと、ドアベルが鳴って、ひとりの客が来店する。

「いらっしゃいま…せ……」

ハタと正気に立ち返って、反射的に言葉を返した円哉だったのだが、客の顔を確認して、意図せず語尾が掠れた。

足がふらついて、後ろへ倒れかけ、皇貴の腕が支えてくれる。その腕を振り払うこともできない。

店に入ってきて、ぐるっと視線を巡らせ、カウンターの向こうに立つ円哉の顔を目に映した客のほうも、驚いた顔でゆるゆると目を瞠《みは》った。

わかっていて訪れたわけではないらしい。偶然の、なんと残酷なことか。

「水《みず》…嶌《しま》？」

スーツのジャケットを脱いだ上に、社名の入ったジャンパー姿。典型的な営業マンの恰好だ。店の駐車場には、側面に社名ロゴの入った軽乗用車が停まっている。コピー機器などで有名な会社名だった。

営業担当区域が、この近所なのかもしれない。

なんてことだ……と、円哉は汗の滲《にじ》む掌を、ぎゅっと握り締めた。

力の抜けた足を踏ん張る。皇貴の腕をそっと払い、一歩を踏み出す。そして、いつもの営業スマイルを浮かべた。

たぶん男の記憶にはないだろう自分の顔を、あえて見せる。それを目にした男は、驚きと困惑の入り混じった表情を、色を失くした顔に浮かべた。

「いらっしゃいませ、おひとりさまですか？」

努めて冷静にビジネスライクに、言葉を紡ぐ。円哉の豹変ぶりに目を丸くしていた皇貴が、眉間に深い皺を刻むのがわかった。

「あ…いや、実はまだ営業の途中なんだ。オープン当初から何度か前を通りかかって……今度友だちを連れてきたくて……どんな店なのかなって……」

「そうですか。当店は終日フリータイム制でワンドリンク付き一五〇〇円、猫ちゃんの同伴はご遠慮いただいています。グッズ販売もしていますので、そちらのご利用だけでも構いません」

他人行儀な円哉の態度を、はかりかねたのかもしれない。あるいは、よく似た別人だとでも思っただろうか。男はおどおどと視線を揺らし、言葉を詰まらせる。こんな男じゃなかったのに…と、思う自分が嫌だった。

「そ、そう……あ、じゃあ、また……くるよ」

「ぜひ。奥様か彼女を連れていらしてください。お待ちしております」

奥様か彼女という単語に、男の頬がピクリと引き攣る。

男は気づいただろう。円哉がわざとこういう態度をとっていることに。円哉が自分という存在を拒絶していることにも。

我ながら、なんて嫌味ったらしいのだろうと、内心自嘲した。でも、自分が受けた傷に比べたら、たいしたことはないはずだ。こんな、全身から血の引くような思いを、何年も経った今でも自分はしているのだから。

「邪魔した…な、水…嶌」

カラランッとドアベルが鳴って、男は逃げるように車に駆けていく。

その姿を瞳に映しながら、自分の顔から表情が消えていくのを、円哉は自覚した。キリキリと胃が痛む。

「円哉さ……」

「帰って」

ピシャリと、言葉を遮《さえぎ》った。

今日はもう、誰とも話したくない。誰の顔も見たくない。この精神状態で誰かといたら、めちゃくちゃに当たり散らしてしまいそうだ。

自分のことは大嫌いだけれど、でももうこれ以上、嫌いになりたくない。

「今日はもう店閉めるから、帰って」

感情の消えた瞳を上げて、抑揚のない声で言う。

この顔を隠すために身につけた、八方美人だったのに。せっかく、笑えるようになったのに。

「帰ってくれ」

もう一度、ハッキリと口にする。

今の円哉に何を言っても無駄だと悟ったのだろう、皇貴はぎゅっと奥歯を噛み締め、溢《あふ》れ出しそうになる言葉の数々を呑み込んで、円哉の意を酌み、背を向けた。

静かに、ドアが閉まる。ドアノブにかけられている「OPEN」のプレートを裏返して「CLOSED」にし、踵を返す。

「ほんっと、律儀なんだから」

呆れの滲む声で呟いて、二階に通じる階段に腰を下ろす。ヴァナが膝に乗り上げてきて、心配げな声で鳴いた。

「ふみゃぁあ」

「ごめん。大丈夫だよ」

この子たちがいれば、それでいい。そう思って、この店を開くことを決意した。

この子たちさえいれば笑えると、そう思っていたのに……。

胃がキリキリと痛む。嫌な汗をかいたらしい、ゾクリと悪寒が背を震わせた。

タイミングがいいのか悪いのか、電話が鳴る。店の電話ではない。円哉の携帯電話だ。ディスプレイに表示されているのは、さる一流ホテルの名。覚えのある番号だった。

どうしようかと思ったものの、出なければ出ないであとのフォローが大変そうで、諦めて通話ボタンを押す。渋々出た電話だったが、鼓膜に届いた声に、ホッと安堵する自分がいた。

「お父さん……うぅん、なんでもない。ヴァナ？　いい子にしてるよ。……そう、わかった」

通話を切って、膝に顔を埋める。

腰や背中、足元が、順番に暖かくなる。猫たちが、ゾロゾロと集まってきて、円哉に身体を擦《す》り寄せているのだ。

「すぐに元気になるから。——ごめん」

この温もりがあれば生きていける。そう思っていたはずなのに、なぜか今日は、物足りなさを感じた。


膝を抱えた恰好のまま、いつの間にか寝入っていたらしい。自分を呼ぶ声に覚醒を促されて、円哉は瞼《まぶた》を戦慄《わなな》かせた。

「円哉さん？　身体痛くなるよ？」

「……え？」

瞼を開けると、少し離れた場所に皇貴が片膝をついている。

「皇貴……」

「ごめん。気になって……また来ちゃった」

時計を確認すると、いつもなら閉店準備をはじめている時間。外はすっかり陽が落ちて、店内も薄暗くなっている。昼間でもつけている壁のライトは灯《とも》っているものの、天井の光源が灯っていないために、ホテルのベッドルームのような薄暗さだ。

灯りをつけようと腰を上げて、しかし硬い場所で同じ体勢をつづけていたために足腰が痺《しび》れていて、足が縺《もつ》れてしまう。転びかけた円哉を咄嗟に腕を伸ばして助けてくれた皇貴は、円哉が自力で立つのを確認すると、なぜかサッと手を引いて、再び円哉から距離をとった。

皇貴の神妙な表情を見て、数時間前に「放せ」「帰れ」と喚《わめ》いた自分を気遣い、怯《おび》えさせないように一定の距離を置いているのだと気づく。

――君って子は……。

呆れるのも通り越して、同情してしまう。自分のような人間に、そんな気を遣う必要なんてないのに。あんな罵詈雑言《ばりぞうごん》を浴びせかけてくるような相手を、気遣う必要なんてないのに。

「ありがとう」

素直に、言葉が口をついて出た。

「腕、貸してもらえる?」

驚いた顔で目を見開いた皇貴は、言われるまま円哉に手を貸し、奥のソファへと促した。

ソファに背を沈み込ませていると、テーブルに皿が並べられ、温かな湯気を立てる鍋が置かれた。

いつだったか、せっかく皇貴がつくってくれたのに、一緒に食べることのできなかったビーフシチューだ。茹《ゆ》でたてのパスタと軽く焼いたバゲットが添えられている。大きなボウルには、ベビーリーフのサラダ。

円哉に追い返されたあと、これを仕込んだというのだろうか。あの状況で? 自分などのために?

瞼の奥が熱くなるのを感じて、円哉はきゅっと唇を噛む。

皇貴といると、捨てたはずの、失くしたはずの感情が揺さぶられる。自分はそれが、怖いのかもしれない。

皿をとり、スプーンを口に運ぶ。

「美味しい……この前のより、ずっと美味しいよ」

あの日は、皇貴が帰ってしまったあと、いったい何がどうしたのかわからなくて、理不尽に憤って、ひとりでガツガツと鍋のなかみを平らげた。美味しかったけど、でも味気なかった。

皿をローテーブルに戻すと、皇貴の手がおずおずと伸びてきて、円哉の手に重ねられる。こちらの反応をうかがうような、遠慮がちな仕種《しぐさ》に、円哉は胸の奥がくすぐったくなるような感覚を覚えた。

「兄貴に、笑われた」

「……え？」

「ガキが甲斐性みせようなんて無謀なこと考えるから逃げられるんだって。大人ぶる必要なんかないだろって」

重ねられた手が、ぎゅっと握られる。

「でも、俺にもプライドがあるから」

ガキで甲斐性なしで何も持っていないけれど、でもだからこそ、無駄な装飾を取り払った純粋な感情だけを、提示してみせることができるのかもしれない。

心だけ、あればいい。

心が何より大切なのだと。

教えてくれようとする、真摯《しんし》な眼差し。自分が、失ってしまったもの。

「今は、何も訊かないよ。訊きたいけど、訊かない。円哉さんのこと、なんでも知りたいけど、でも、訊かない」

「皇貴……」

「ひとつだけ、信じてくれればいいから」

真摯な眼差しを向けられて、逸らせなくなってしまう。

「年下で頼りないかもしれないけど、この気持ちはホンモノだから」

なんでだろう。

ずっと、考えていた。

それがわからないから、突き放すしかなかった。

自分自身ですら価値を見出せない自分のような人間に、愛情を注いでくれる存在など、親くらいのものだと思っていたから。

「なんで、僕なんだ？」

だから、尋ねたのに。

「なんでだろ」

皇貴は、うーんと唸《うな》って首を傾げてしまう。

あんなに強引に図々しく踏み込んできておいて、それはないだろう？

思わず眉間に皺を寄せると、それに気づいた皇貴は苦笑して、「直感…かな」と呟いた。

「直感？」

「本能、かも」

「……？」

訝る眼差しを向けると、

「ただ、目が離せなかったんだ。はじめて円哉さんを見たとき、どういうわけか。そんな曖昧なのじゃダメかな？」

恋に落ちることなど容易《たやす》いのだと、返される。

円哉には、わからなかった。

皇貴の言うことも、わからないのにそれを受け入れようとする自分の感情も。

いつの間にかふたりの間の空間がなくなっていて、皇貴の身体がとなりにぴったりと密着している。けれど今度は、平気だった。血の気が引くような恐怖も、襲ってこない。

「悪趣味なんだな」

何を言っていいかわからなくて、ため息とともに零す。すると皇貴は、否定するどころか、さっきの告白は冗談だったのかと突っ込みたくなるような言葉を返してきた。

「性格に難ありで世話の焼ける人には慣れてるから」

誰のことをさして言っているのか想像がついて、つい笑いを漏らしてしまう。たしかに院長は獣医としては優秀だけれど、プライベートではなかなか扱いが大変そうな人物だ。次兄の依月はぽややんっとしていて、院長とはまた違った気苦労がありそうだし……そう考えると、皇貴が三兄弟で一番の常識人で苦労人なのかもしれない。

「言いつけるよ」

軽く明るめると、皇貴は苦笑して肩を竦める。そして、ふいに視線を落として、ボソリと呟いた。

「俺も、自分の居場所を探してたのかも」

「皇貴……？」

幼いころから、兄たちを助けるため、家のことをひきうけてきたと聞いている。皇貴曰く専門バカな兄たちは、獣医としては優秀なものの生活力が欠如していて、世話が焼けるのだと……。

病院のドアに「診察終了」のプレートが出たあと、週の半分ほどだろうか、二台の車が病院の駐車場に停まることに、円哉は気づいていた。

シルバーメタリックの高級セダンと、派手なスポーツカー。二台とも見る日もあれば、どちらかだけの日もある。違う車種が停まっていることもあるが、やはり高級セダンと日本の道路を走るには適さないスポーツカーだから、たぶん持ち主は同じ人物なのだろうと想像できた。

患者のオーナーのものではないと、すぐに気づいた。時間が時間だし、スポーツカーのほうは一晩駐車場に停まったまま、翌朝になって出ていくことも多いからだ。

そして、そういう日に限って、皇貴が鍋を抱えて《Le Chat《ル・シャ》》にやってくることも。円哉は、気づいていた。

「ブラコン！」

自分をお兄さんたちのかわりにしないでほしいと、チクリと咎める。わざわざ、手のかかる自分のような人間を選んだとでもいうのだろうか。まったく悪趣味だ。

だが、自覚があるのか、言われた皇貴は小さく笑ってみせただけ。その笑みに、ドキリとさせられた。

そして理解した。——いや、認めた、と言ったほうが正しいだろう。

花屋に笑みを向ける皇貴が気に食わなかったわけ。自分から突き放しておきながら、自分以外にやさしくするのは許せないなんて、ワガママにもほどがある。まるで小さな子どもの癇《かん》癪《しゃく》ではないか。

ため息が出て、でも自己嫌悪には至らなかった。

なんだか少し、すっきりした気分だ。感情の理由が、ハッキリしたからかもしれない。

身を寄せ合って、皇貴が用意してくれたふたり分にしては多めの夕食を、ペロリと平らげる。こんなに美味しい食事は、久しぶりだった。

皇貴が後片付けをしている間に、円哉が食後のコーヒーを淹れる。胃が痛んだのならカフェインはやめておいたほうがいいのでは？　と皇貴は心配したけれど、平気だと返した。意地をはっているわけでも強がっているわけでもない。本当に、もう体調はなんともなかった。

ふたりそろってコーヒーに口をつけたタイミングだった。「ＣＬＯＳＥＤ」のプレートが出されているはずの店のドアが開いたのは。

カラランッというドアベルの音を聞いて、円哉の腕のなかにいたヴァナディースがピクリと顔を上げる。だが、隠れもしなければ、二階に逃げていきもしない。それを見て、円哉は訪問者が誰であるかを察した。

「永峯さん……」

先に呟いたのは、皇貴だった。

「どうなさったんですか？　忙しくてしばらくこられないって……」

円哉が応じると、永峯はやれやれと苦笑した。

「元気がない様子だったから心配になって来てみたんだよ。まったく君は、ちっとも甘えてくれないんだから」

大袈裟な身振りで言いながら、店内を横切り、円哉の膝から降りて駆け寄ったヴァナを抱き上げる。その艶やかな毛並みを撫でながら、永峯は円哉の隣の皇貴に視線を向けた。

「だが……そうか、彼がいてくれるんなら私が来る必要もなかったたな」

深い意味などないと思いたいのだが……思わずカッと頬に朱が差してしまって、円哉は皇貴から隠すように顔を背ける。

永峯は話のわかる人物だが、妙に敏すぎるというか、達観したところがあって、掌の上で転がされているような気になるのだ。そういう人だからこそ、円哉も付き合いやすいのだが。

円哉の態度をどう受け取ったのか、皇貴は厳しい顔で唇を引き結んだのだが、円哉はそれに気づけなかった。

「すみません。心配かけてしまって……」

「いいんだよ。顔を見たら安心した。明日は早いから、今日はこれで失礼するよ。すまないね、ヴァナディース、また今度ゆっくり会いにくるよ」

抱いていたヴァナを降ろして、背を向ける。だが数歩足を進めたところで立ち止まって、こちらを振り返った。

「円哉をよろしく、皇貴くん」

意味深な言葉とウインクひとつを残して、永峯は店を出る。窓から外の様子をうかがったら、タクシーを待たせておいたらしい。車が走り去るのが見えた。

ヴァナが円哉の膝に戻ってくる。

だが、ふいに場の空気が凍るのを感じて驚いたのか、慌てた様子で向かいのソファに逃げてしまった。

「皇貴？」

突然強い力で二の腕を摑まれて、どうしたのかと問う。

すると皇貴は、いつもは穏やかな光を宿している瞳に、それまで円哉が見たこともない剣呑な色を浮かべて、円哉を見下ろした。

「どういうこと？」

「……え?」

「俺は追い出したのに、あの人には電話したの? あの人には、頼れるの?」

強い口調で問いただされて、円哉はギクリと身体を震わせる。二の腕を掴む皇貴の手の力は容赦なく、肌に指が食い込んだ。

「何……言って……、痛い…よ」

腕を解こうと逆側の手を添えると、その手もとられて、両腕の自由を奪われる。背中がやわらかいものに触れて、ソファに押し倒されたのだと気づいた。

「皇……、……っ!?」

唯一残った抵抗手段は、噛みつくような口づけに奪われた。

驚きに、目を瞠る。自分が何をされているのか、理解するには、皇貴の顔も近すぎて、状況が見えなかった。

「や……ん、あ……っ」

逃れようと頭《かぶり》を振ると、片腕の拘束が解かれ、顎を掴まれる。より深く唇を合わせられて、逃げを打っていた舌を搦め捕られた。

「……んっ、ふ…」

震える指先が、皇貴の肩を掴む。だが、指先から体温が奪われていくような感覚はない。逆に熱くて苦しくて、円哉は頭の芯がボーッとしてくるのを感じた。

布越しに感じる逞しい筋肉の感触が、恐怖ではなく恍惚《こうこつ》を生む。同性の手に嬲《なぶ》られようとしているはずなのに……身体は震えているけれど、決して嫌悪と恐怖を感じてのものではないことに、円哉は気づいてしまった。

身体の力が抜けていく。

円哉から抵抗が消えたのを感じ取ったのだろう、皇貴はゆっくりと唇を離すと、今度はそれを頬から首筋へと滑らせはじめた。

エプロンの下に、大きな手が滑り込んでくる。シャツのボタンを外されて、素肌を直接撫でられた。

「あ…ぁ……っ」

せわしなく肌を滑る指先。頬に瞼に唇に、それから首筋から鎖骨《さこつ》へと降る淡い口づけ。震える肌が酩酊を誘い、円哉の唇から濡れた吐息を溢れさせた。

エプロンの肩紐がずり落ち、シャツをはだけられて、細い肩が露わになる。そこに唇を落とされ、エプロンの下に忍び込んだ悪戯な手が、円哉の胸をいじった。

「や…ぁ、あ…っ」

ビクリと、細い背が撓《しな》る。敏感な場所に指が触れて、痺れるような感覚がそこから広がっていく。円哉の敏感な反応に気づいた皇貴が、そこを指先できゅっと摘《つま》んだ。

「は…っ、ぁ、あ……っ」

屈強な肩に滑らせた手を、逞しい首にまわす。それは、縋るものを求める、無意識の行動だった。思考は白く霞んで、もはやまっとうな働きなど期待できない状態。それでも肉体は、求めるものを素直に追おうとする。

「こ…き……」

朱に染まった耳朶《じだ》を、淡く食《は》まれる。

耳殻を舐められて、ゾクゾクとした悪寒に似た感覚が首筋を駆け昇ってくる。鼓膜に直接、甘い声が吹き込まれる。

「円哉……」

図々しくも呼び捨てにしたりして。でも、許してやってもいいと、そう思っていた。

なのに、低く濡れた声は、次いで信じられない言葉を紡いだのだ。

「そんな声で、呼ぶの？」

——……？

耳朶に落とされる声がどうしてか苦しげで、円哉はぎゅっと瞑《つむ》っていた瞼を開ける。ゆっくりと。

「あの人だけ？　それともほかにもいるの？」

何を言われているのか、すぐには理解できなかった。ただ、何かを訴えられていることだけは理解できた。

「な…に……？」

見上げた先には、不満をたたえた眼差し。

どうして？

抵抗してないのに。自分はもう何も考えられなくて、ただ身を任せているしかできないのに。

「こんな感じやすい身体して……」

円哉が抵抗しないことが、皇貴の心に黒い嫉妬を生む。いつもはつれない態度の円哉が皇貴を受け入れていることが、より皇貴の疑念を増幅させたらしい。

自分ではなく永峯を頼ったのだと誤解して、なのに自分の好意も受け取って、こんな不埒《ふらち》さえ許してしまうなんて……と。

だが、円哉のなかでは筋道の通った感情の変化だった。

今、身体が皇貴を受け入れているのは、心が皇貴を受け入れたからだ。嫉妬する自分を自覚したから。それは円哉にとって、生半可なことではなかった。同性に身体をあずけるなんて、そこに本気の感情がなければできない。快楽だけを追うことなど、円哉にはできないのだから。

だから、身体の力が抜けた。意図的に「抜いた」のではない。「抜けた」のだ。

理性がそうと意識するより早く、円哉の肉体が皇貴を受け入れた。その証拠に円哉は今、怯えていない。震えていない。過去の傷も、痛みも、フラッシュバックしてこない。

なのに……！

「ガキだけど、情熱だけは負けないよ。俺のほうがいいって、言わせてみせるから」

――……っ!?

嫉妬に駆られた言葉が、烟《けむ》っていた円哉の思考を醒まさせた。

「……っ」

熱く高鳴っていた鼓動が、別の要因で激しく脈打ちはじめる。

火照《ほて》っていた肌が、スーッと冷えていく。

冷静さを取り戻した思考が、このままこの行為を受け入れてはならないと、警告を発した。

突き飛ばそうにも、無理だとわかっていたからかもしれない。咄嗟に円哉は、手を振り上げていた。

バシッと、激しい音がして、ふたりを包み込んでいた密度の高い空気が霧散する。

動きを止めた皇貴は、殴られた頬を庇いもせず、視線を逸らしたまま、固まっていた。右手がジンジンと痛みはじめる。殴ったほうも痛いのだと、円哉ははじめて知った。

「どいて」

低く剣呑な声に、皇貴がハッと目を見開く。やっと冷静さを取り戻したのかもしれない。

「何を……誰の何と比べてるの？　なんで責められなきゃならないの？　僕が、誰と君を比べてるって!?」

黒い瞳が、円哉を映した。そのなかに、唇を震わせ瞳を揺らす自分の姿が映されている。

「信じてたのに」

「……円哉……」

「君も一緒だ。勝手な欲望を押しつけて、勝手なイメージを押しつけて、勝手に誤解して！」

身勝手な感情を押しつけられた上に、なぜ責められなくてはならないのか。

憤りに揺れる円哉の瞳をまっすぐに見つめて、皇貴は眉根を寄せる。

「一緒？　……円哉さん？」

引っかかりを覚えたらしい単語を、舌に乗せる。だが今の円哉には、それに答えてやれる余裕はなかった。今の自分には、冷静に言葉を交わすことなど不可能だ。

皇貴の拘束から抜け出し、縺《もつ》れそうになる足を叱咤して、二階に上がる。追いかけてこようとする皇貴の足を、階段の途中で振り返り、一瞥で止めた。

円哉を追うように、猫たちが階段を上る。

踊り場で振り返ったヴァナディースが、黄金《こがね》の瞳を煌《きら》めかせ、責めるように皇貴を見下ろしていた。


その日、深夜近くになってから、店の電話が鳴った。

聞こえてきたのは、この精神状態で、絶対に聞きたくなかった声。その声が、身勝手で自分に都合のいいセリフを吐く。

『謝りたいんだ、ちゃんと。あれからずっと考えてたんだ』

だったら、はじめからしなきゃいい。

人を傷つけてまで満たしたい欲望など、あっていいわけがない。

『時間を、もらえないか？　店が終わったあとでいいから』

昔は真摯に聞こえた声が、今は傲慢で身勝手なものにしか聞こえない。自己保身のために紡がれる言葉には、誠意などかけらも感じられなかった。

「もう、かけてこないでくれ。店にも、来ないでほしい」

『水嶌、待……っ』

皆まで聞かず、受話器を置いた。

そして、ズルズルと床に頽《くずお》れる。

「もう……いやだ……」

八方美人でいい。誰とも深くかかわらなければ、傷つくこともない。

4

鼻水を垂らす黒猫の「あんこ」を連れて、おそるおそる《はるなペットクリニック》の自動ドアをくぐった円哉《まどか》だったのだが、受付に皇貴《こうき》の姿はなかった。平日の昼間だから、まだ大学なのだろう。

お昼のランチ時間帯がすぎ、早めのティータイムを楽しんでいた客が帰ったタイミングで「CLOSED」のプレートを出し、「あんこ」を抱えて道路を渡った。

本来営業時間中に店を閉めるのは、あまりいいことではない。営業しているはずだと思って来店してくれたお客様の期待を裏切ることになる。でも、人手がないから、こういうときはしかたないのだ。

「こんにちは。この子ははじめてですね。あんこ〝ちゃん〟……じゃなくて〝くん〟なんだね」

初診時に記入を求められる問診表を見ながら問いかけてきたのは、院長ではなく、弟の依月《いつき》だった。院長は、エキゾチックアニマルまで幅広い種類の動物を診療するために、犬や猫、小動物などは依月が担当することが多いらしい。

「昨夜から鼻水垂らしはじめちゃって」

「過去にアレルギーは……ないんですね。急に冷えたから、風邪ひいたかな。でも、念のため調べてみましょうか」

犬や猫にも花粉症があるし、ウイルス感染による鼻気管炎の疑いもある。鼻水を垂らしているという症状から考えられる疾患は、いくつもあるのだ。

体重計も兼ねた診察台の上で、「あんこ」はおとなしく蹲っている。怯えきってしまって、動けないだけかもしれないが、暴れられるよりはいいだろう。

依月はカルテを作成しつつ、「あんこ」の症状をひとつひとつ確認していく。その作業の途中で、「あんこ」の鼻水を拭いてくれながら、依月が雑談をはじめた。

「皇貴、ご迷惑かけてませんか?」

「……え?」

思わず、ドキリとしてしまう。あれだけ通ってきていたのだから、妙に思われてもしかたないけれど、ズバリと指摘されたわけでなし、どう返答していいものか困ってしまった。

「迷惑なんて、そんな……こちらこそ、お世話になりっぱなしで」

苦笑して、肩を落とす。社交辞令ではない。本心からの言葉だった。あんなふうに突き放したのだからあたりまえなのだけれど、皇貴はここしばらく顔を出さないし、だから、「あんこ」を出汁《だし》に病院に出向いてきたのだけれど、どうにもタイミングが悪い。

「お仕事の邪魔でもして叱られたんじゃないかって、兄と話してたんですけど……大人ぶってますけど、結構わかりやすいんですよね、皇貴は」

つまりは、皇貴が元気がない、もしくはそうとわかるほど憔悴《しょうすい》している、ということか。あの逞しい肩が落ちている姿を想像したら、胸が痛くなってきた。

「……すみません。なんか、いろいろと誤解があったみたいで……」

あのあと、本人から指摘されて、円哉ははじめて己の失態に気づいた。円哉は皇貴に、永峯《ながみね》をちゃんと紹介していなかったのだ。自分自身はわかりきっていることだからというのもあるが、本人が自己紹介していたから、それで全部済ました気になってしまったのだ。

さらには、常連客の間で永峯と自分の関係を下衆に勘ぐられていることにも気づいた。パトロンがいなければ、この歳であんな店を持つことなどできないだろうと、そういう疑いをかけられているようなのだ。

あの店は、円哉がこれまで働いて貯めた預金を元手に銀行から資金を借りて開いたものだ。最近では銀行も、さまざまなものを担保に貸しつけをしてくれるようになっているし、企業のなかには経営の手助けをしてくれるところもある。個人が事業を起こしやすい基盤ができはじめているのだ。

円哉が《Le Chat《ル・シャ》》を開くために身につけた知識は、ペットビジネスや飲食業に関することだけではない。起業セミナーや投資セミナーなどを渡り歩いて、資金や経営のことについても勉強したのだ。そうでなければ、オーナー店長など務《つと》まらない。

その努力を、パトロンなんて下世話な想像で貶《おとし》めないでほしい。

そう思ったが、皇貴の誤解に関しては、やはり自分のせいだろうと反省した。

永峯とはじめて顔を合わせたあと皇貴が不機嫌になったのも、先日の夜、突然あんな行動に出たのも全部、永峯に嫉妬して対抗心を燃やしていたからに違いないと思い至って、でも、そんなの自分の思い上がりではないのかと不安にもなった。

ちゃんと話をしたいと、いまさらかもしれないけれどそう思って、皇貴が来てくれるのを待っていたのだけれど、皇貴は来ない。待っているだけではいけないのだと気づいて、勇気を出して病院に足を運んできたのだが……。

「僕も兄も皇貴に甘えるばかりで……だから、しっかりしすぎちゃったみたいなんですよね。家のことも手抜かないし、勉強も心配した記憶はないし。三者面談はいつも兄が行ってたんですけど、褒められた記憶しかないって言ってました。スポーツもね、得意なんですよ。運動会ではいつもリレーの選手だったし、拘束されるのが嫌だからって部活動はとくにやってなかったんですけど、ときどき助《すけ》っ人《と》頼まれたりして」

円哉が零した言葉に探りを入れてくることもなく、依月は末弟の自慢話をはじめる。その表情は、末弟が可愛くてしかたないといった雰囲気で、少しだけ……いや、かなり妬《や》けた。

兄弟と対抗しても意味はないのだけれど、円哉には知らないことばかり。円哉はまだ、あの店のなかで皇貴が見せる限られた表情しか知らないのだ。

恋愛には少々強引なところもあるけれど、でも円哉が本当に嫌がったら、無茶なことは絶対にしないだろう。世話好きでよく気がついて料理も上手《うま》くて非の打ちどころのない好青年で。でも、それだけではないはずだ。怒ったり泣いたりすることだってあるはず。円哉には見せたことのない表情も、兄には見せるのだろう。そんな些細なことが口惜《くや》しい。

「聞きました。働いてるお兄さんたちを助けたくて、小学校のころから家事を手伝うようになったって」

「誕生日もクリスマスもバレンタインも、プレゼント山ほどもらってくるくせに、夜遊びもしないし。家のことと病院の手伝いと勉強以上に興味をそそられるものがないみたいで、僕と兄の面倒ばっかり見てて、正直心配してたんです。皇貴の人生、僕たちのために消費させちゃうんじゃないかって」

「依月先生……?」

「あんこ」の背を撫でて、依月は「アレルギーじゃなさそうだね」と声をかける。そして、円哉に薬の説明をしつつ、その合間合間で話をつづけた。

「最近はなかなかご飯つくってくれなくて、ちょっと寂しいんですけど、でもそのくらいでいいのかなって、兄とも話してるんです」

今までいい子でいすぎたから。本当はもっと甘えさせてワガママを言わせてあげたかった。

自分たちに恋人ができたから、皇貴に世話を焼いてもらう必要がなくなったということではなくて、それはただのきっかけにすぎないのだと。

弟可愛さに縛りつけてしまったことを、兄たちは後悔していた。だから、皇貴に自分たち以上に想う相手ができたのなら、そんな喜ばしいことはないと、そう考えているらしい。

「でも彼は、寂しそうにしてましたよ」

病院の駐車場でよく見かける高級外車と派手なスポーツカー。ドライバーズシートから降り立つ男の姿を見かけたこともある。そして、それぞれの車に乗り込む、院長と依月の姿も。そのときのふたりの表情から円哉が導き出せたのは、ひとつの結論だけだった。

兄に恋人ができて、もう自分が世話を焼く必要がなくなって、だからそのかわりを、皇貴は自分に求めた。本人は「なんでだろう」と首を傾げていたけれど、きっかけはたぶん、そんな単純なことだ。

自分の存在意義を失うことに恐怖した。

そして、想いを向ける存在を、性急に欲した。

兄弟の仲の良さを見れば、皇貴のなかで兄たちの存在がどれほど大きなものなのか、容易に想像がつく。

だが、それを責めようとは思わなかった。きっかけにすぎないのだ。そこにたしかな気持ちがあるのなら、それでいい。

「皇貴のごはん、お口に合ってますか？」

訊かれて、円哉は微笑む。

「美味しいですよ、とても」

「なら、よかったです」

その返答に、依月は満足げにニコリと微笑んで、それで話を切ってしまった。


待合室に戻って、名前が呼ばれるのを待つ。皇貴が大学に行っている間は院長と依月のふたりで切り盛りしているために、手いっぱいの様子に見えた。

そんな忙しい状況で、診察しながらではあったが、依月は自分のために時間を割《さ》いてくれたのだ。診察室を出る前、奥の手術室のほうから院長が顔を出して、言葉を口にするかわりに、「あんこ」の頭を撫でてくれた。

病院の診療時間が終わるのを待って、ちゃんと皇貴と話をしよう。全部話して、上手く伝えられるかどうかわからないけれど、でも今の自分の気持ちを言葉にしたほうがいい。

エリザベスカラーをしたチワワを抱いたオーナーさんと世間話をしながら、薬の準備ができるのを待つ。

五分も、経っていなかったと思う。

静かだった院内が、突如騒がしくなった。

病院の自動ドアが開いて、小さな影がたたたっと駆け込んできたかと思ったら、

「スミマセン！」

甲高い声が、病院内に響く。いったい何ごとかと、診療を待つオーナーたちが顔を向け、驚いた犬たちが吠えた。

受付カウンターに登りかねない勢いでぴょんぴょん跳ねながら奥を覗こうとしているのは、小学校中学年くらいだろうか、ひとりの女の子だった。

驚いて出てきた依月が、彼女の肩に手を添えながら「どうしたの？」と尋ねる。カウンターごしに院長も顔を覗かせた。

「おじいちゃんちのボスを引き取りにきたの！」

女の子は半泣きで、依月の白衣に縋りつく。

「パパとママがボスは病院にいるって……でもずっと連れてきてもらえなくて……だから私……っ」

状況は見えないが、「ボス」という名前には聞き覚えがあった。人間の勝手な都合で病院にあずけられたまま放置されている、愛想のないフレンチブルドッグの老犬のことだ。

「落ち着いて、ね。ボスはここにいるよ。会いに来てくれたんだね」

そのやりとりを聞いて、院長が踵を返す。

「おじいちゃんがね、入院する前に、ボスを頼むねって、私に言ったの。だから、おじいちゃんとの約束を守らなきゃ……」

そのとき、病院の奥から、犬の鳴き声が聞こえてきた。診察室のドアが開いて、院長が一匹のフレンチブルドッグを腕に抱いて出てくる。

「ボス！」

「バウ！　バウバウ！」

円哉の記憶のなかでは、不貞腐れた顔で身動きもせず寝そべっているだけだった愛想のない犬が、尻尾を目いっぱい振り、全身で喜びを表現しているのを見て、円哉は驚いた。あの犬は、本当に求める人の前では、こんな顔もできるのだ。

「ボス！　私のこと覚えてる？　おじいちゃんと一緒にお散歩したよね」

泣きそうな顔をしていた少女が満面の笑みを浮かべて、病院の床で犬とじゃれあう。その光景を、待合室のオーナーたちも動物たちも、微笑ましく見守っていた。

だが、よかった……という空気に院内が満たされたのも束の間、少女とボスの幸せを引き裂く存在が、慌てた様子で駆け込んできた。

「やっぱりここだったのね！」

「ママ……」

少女の顔が強張る。と同時に、院長と依月の表情が険しくなるのを、円哉は見逃さなかった。

女性の一歩後ろに、少女の父親らしい人物が立つ。

「帰りますよ！　犬なら、買ってあげたでしょう？　あなたのために血統のいい仔犬を取り寄せたのよ！　そんな犬、放しなさい！」

母親の言葉に、待合室にいたオーナーたちの顔も険しくなる。ここは、動物好きな人間の集まる場所だ。人ぞれぞれに違う価値観を持ってはいても、今それぞれの腕に抱く動物には惜しみない愛情を注いでいる人ばかりだ。そんなオーナーたちの目に、この母親の姿はひどく愚かなものに映り、彼女が口にする言葉には誰もが憤りを禁じえない。

だが、トラブルになっては…と思うのだろう、あえて口を挟もうとする人はいなかった。泣きそうな顔の少女のケアを弟に任せ、院長が進み出る。

「お静かに願います。ここは病院ですので」

人間用の病院でなら、この母親はきっといかにも常識人ぶって、ちゃんとマナーも守るのだろう。だが動物病院というところは、彼女にとってはなんの価値も見出せない場所なのに違いない。その横柄な態度が、すべてを物語っている。

「犬も猫も、人間と同じように生きています。ステイタス誇示のためのアイテムではありません。バッグや毛皮とは違うんですよ」

この場で負担つき遺贈云々の話題を持ち出さなかったのは、院長の良心だったに違いない。

見守るオーナー達をこれ以上不快にさせる必要はないし、母親を批難し恥をかかせることで、少女を傷つける必要もない。だが、そんな気遣いに気づけるような人間なら、そもそもこんな事態を引き起こしたりしないだろう。案の定、院長の気遣いは無駄に終った。

若い院長に窘められて、母親が鬼の形相になる。その鬱憤を背後の夫に喚き散らして、ますます場が騒然とした。

「そんな小汚い犬、さっさと死んでしまえばいいのに！」

母親の言葉に、普段はクールな院長がサッと顔色を変えた。さすがの円哉もたまりかねて、反射的に腰を上げていた。

「なんてことを……っ！」

咄嗟に怒鳴ると、

「部外者は口を出さないでいただきたいわ」

憤然と返される。その、他人《ひと》を小馬鹿にした態度に、円哉が切れた。

「あんたらのしたことは動物虐待と一緒だ！　ボスはずっと待ってたんだぞ！　不貞腐れて、愛想のかけらもない顔で、でも待ってたんだ！」

少女の前ではあんなに嬉しそうな顔で、尻尾を振って、本当の主人が迎えに来てくれるのをただただ待っていた。それに気づいたら、円哉はたまらない気持ちになったのだ。

愛想がなくて可愛げがないなんて言ってごめん。ボスは、本当に求めている人を待っていただけだったのに。

そんな気持ちを、この母親は、たぶん一生理解することはできないのだろう。憐れな人だと思えた。

「あ、あなたいったい何様のつもり!?」

これはこっちのセリフだ。

ヒステリックな声をかけられて、円哉は堂々と答えた。

「向かいのキャットカフェのオーナーです。文句があるならどうぞ、店にいらしていただいても構いませんよ」

円哉の腕のなかで、「あんこ」が唸っている。動物にも、わかるのだ。

「キャットカフェ？　くだらない」

「なんだと……っ」

さらに食ってかかろうとした円哉を、院長が止めた。でしゃばりすぎたとハッとして、円哉は奥歯を噛み締め、渋々身を引く。騒ぎになって困るのは、病院なのだ。

だが院長は、「大丈夫ですよ」と言うように円哉に小さく微笑みかけてくれて、それから厳しい表情で母親と対峙《たいじ》した。

スッと目を細めた院長が、苦言を口にしようと口を開く。

だが、その場の空気を凍らせる、地を這うような剣呑な声は、逆側——病院のドアのほうから届いた。

「いいかげんにしろよ」

低く呻《うめ》くような声に、場がピタリと静まり返る。それほど、迫力のある声だった。

「あんたらそれでも人の親か」

教科書類の詰まった大きなバッグを肩から提げた皇貴が、その黒い瞳に怒りを滲ませて、こちらを睨み据えている。身体の横で握られた拳は、小刻みに震えていた。

「自分の子どもの前で、よくもそんなことが言えるな」

円哉は、世のなかには親になる資格のない人間が存在すると考えている。この母親は、まさしくその典型だ。そんな妻を制しもせず、黙って突っ立っているだけの父親も同類だ。

「恥ずかしくないのか」

ひと目で学生とわかる皇貴に責められて、母親が顔色を変える。この手のタイプは、自分より上だと認識している人間の言葉には頷くが、勝手に格下だと決めつけている人間の言葉には耳を貸さない。だから子どもの訴えにも、その真剣さに気づきもせず、子どもの戯言《ざれごと》と決めつけて、聞く耳を持とうとしないのだ。

「な、なによっ、失礼な……」

少女の耳にも、皇貴の言葉のほうが正論であることは伝わっているだろう。自分のプライドを守るのに必死な母親の惨めな姿を見せられている子どもの気持ちを、どうして思いやることができないのだろうか。

「人として恥ずかしくないのかよ!!」

振り上げられた拳が、壁に叩きつけられる。ビリビリと病院の建物が震えて、患畜《かんちく》たちが不安を訴える声で鳴いた。

「たいした設備もない動物病院の医者が、何を偉そうに……っ！」

母親の捨てゼリフに返そうとした皇貴を、院長が止める。

「やめなさい」

まさしく鶴《つる》のひと声。ビクリと動きを止めた皇貴は、ギリッと奥歯を嚙み締めて、それでも兄の言葉を聞き入れた。

ハンカチを握り締め、ワナワナと震える母親に冷淡な眼差しを注いで、院長は母親の言葉を一刀両断する。

「医療機器は所詮《しょせん》、機械でしかありません。それを使うのは人間なんですよ」

「……っ」

院長の醸し出す雰囲気に、それ以上紡ぐ言葉を失ったのか、母親が口を噤んだ。

「ママっ、パパっ、ごめんなさいっ、ごめんなさいっ」

やっと口を挟む隙を見つけた少女が、両親に訴える。

「ボス飼っちゃダメ？　おじいちゃんと約束したの。ボスとお散歩したいの」

たぶん少女には、何かしら大切な想い出があるのだろう。やさしかった祖父と一緒に過ごした時間のなかに、ボスの存在は不可欠だったに違いない。

「連れて帰ってやろう」

それまで押し黙っていた夫が、このときになってやっと口を開く。納得のいかない顔を夫に向けたものの、いかに愚かな母親といえど泣き濡れる娘の顔を見ればさすがに胸が痛まないわけもないのだろう、ややあって「勝手にしなさい」と呟いた。

「二匹とも自分で面倒見るのよ。ママは知りませんからね」

吐き捨てて、肩をいからせ病院を出て行く。

唖然とする娘の前に片膝をついて、父親が娘の腕のなかのボスの頭をそっと撫でた。

「ママに叱られる前に、はやく帰ろう」

「パパ……」

いったん奥に入った依月が、リードを手に戻ってくる。それをボスの首輪に接続して、少女の手に握らせた。

「お騒がせいたしました。入院費の精算には、また後日うかがわせていただきます」

深く腰を折り、娘の背を外へと促す。

「先生、ありがとう」

立ち止まった少女が振り返り、ニコリと笑みを見せる。それに合わせるようにボスも歩みを

止め、こちらを振り返った。そしてひと鳴き。

「バウッ！」

最後の挨拶に、依月がくしゃりと顔をゆがめるのを見て、円哉はふっと胸の奥が温かくなるのを感じた。


「お騒がせしました。――依月！　次の患者さん呼んで」

たまたま待合室に居合わせて騒動に巻き込まれてしまった患蓄とオーナーに真摯に詫び、いつもと変わらぬ様子で診察再開を告げる院長の声に、待合室も落ち着きを取り戻す。

「え…っと、次は……長田《おさだ》カンタくん、診察室へどうぞ」

呼ばれて、一匹のウェルシュコーギー・ペンブロークとその飼い主が診察室へ入っていく。奥から「今日はどうされました？」と尋ねる依月の声。

「水嶌《みずしま》さん」

呼ばれて、円哉はハッと顔を上げる。いつの間にかカウンターに入った皇貴が、スタッフバッジのついた水色のエプロンをして、そこに立っていた。

「こちらがお薬になります」

診察券を差し出しながら、薬の説明をする。先ほど診察中に依月にされた説明のほぼ繰り返しだ。そして精算金額を伝え、折り畳んだ明細書と薬をレジ袋に入れてくれた。

精算をしている間、円哉は顔が上げられなかった。

待合室にはほかのオーナーの姿があるから、皇貴も必要なこと以外口にしない。それでも円哉の態度を訝っているらしいことは伝わってきた。

これ以上誤解されたくはないけれど、でも、先ほど少女の親に向かって啖呵《たんか》を切ったときの皇貴の姿が目に焼きついて離れなくて、どうにも顔が上げられないのだ。

「おだいじに」

俯《うつむ》いたままの円哉がまだ怒っていると思っているのだろう、皇貴はスッと視線を外して、カルテ管理用のソフトがインストールされたパソコンの画面に顔を向けてしまう。彼がキーボードを叩きはじめるのを見て、円哉は小さな声で礼を言い、病院をあとにした。

5

いつもなら断る誘いを受けたのは、彼女たちが足を向けようとしていた場所が、自分の目的地と同じだったから。そして、言い方は悪いが、彼女たちの存在を出汁にして、話すきっかけをつくりたいと思ったからだ。

《Le Chat《ル・シャ》》の存在は、動物好きな人間の集まりでもある獣医学部の学生――とくに女子学生の間でも口コミで評判が広がっていて、実は密かに常連になっている学生もいるらしい。猫とは大学でも触れ合えるから、彼女たちの目的は、間違いなく見目麗《みめうるわ》しい店長だろう。

女子学生四人とともに店に客として訪れた皇貴《こうき》は、そういえばちゃんと客として店に来たのははじめてであることに気づいた。女の子連れで店にやってきた皇貴に驚いた顔をしたものの、円哉《まどか》はすぐにいつもの営業スマイルを浮かべて店の説明をし、一番広いテーブルに五人を案内してくれる。

皇貴はすぐに、猫たちに囲まれた。

「なーんか、やけに懐かれてるね、榛名《はるな》くん」

「あ、やっぱり、こいつら牝だわ」

「違う違う。この三毛猫、牡だよ」

「あー、ホント、珍しー」

そこはさすがに獣医学部の学生。普通の女の子たちのように、ただ「可愛い〜！」と騒ぐだけではおさまらないらしい。いきなり尻尾を掴まれ股間を覗き見られた三毛猫の「あられ」は、可哀相に情けない声を上げて皇貴の腕に逃げ込んできた。

同じ牡同士、ちょっと同情してしまう。

ちなみに三毛猫は、遺伝の関係で基本的に牝だ。クラインフェルター症候群という染色体の異常によって生まれるのが三毛猫の牡で、その確率はおよそ三万匹に一匹だというから、たしかに「あられ」は珍しい猫と言えるだろう。

そんな他愛ない会話に参加しながらも、皇貴の視線は密かに店のなかをいったりきたり……つまり、円哉を追っていた。

その横顔を、根気に観察する。

ときおりチラリと寄越される視線。けれど、皇貴が顔を向けると、客に呼ばれたふりでサッと逸らされてしまう。

そんなことがたびたび繰り返されて。

そして皇貴は、ひとつの確信を得た。

この日最後の客は、延々居座って猫たちを観察していた皇貴の同級生四人組で、その四人を通りで駅に向かうバスに乗せて、皇貴は道路を渡らず、店に戻ってきた。

ちょうどひと通りの片付けが終わったところらしい、そのまま二階に上がってしまおうとする円哉をひきとめる。

摑んだ手は振り払われない。そのかわり、顔は背けられたまま。耳がうっすらと赤かった。

「今度は何怒ってるの？」

問う声が笑っていることに気づいたのだろう、眉間に皺を刻み口をへの字に曲げて、円哉は皇貴を見上げてくる。

「昨日はなんでムスッとしてたの？」

矛先《ほこ》を変えると、白い頬にサッと朱が差した。

「そんなの……っ」

皇貴の腕を振り払い、二階へ逃げていく。躊躇《ため》わずそのあと追って、はじめてプライベートスペースに足を踏み入れた。

店舗と同じ、オールドプロヴァンス風のつくり。

白い壁と淡い色の木材、R壁に施されたレンガ飾りに、天板に白いタイルの貼られたアイランドキッチン。店に合わせて施行したからだろう、ずいぶんと可愛らしいつくりだ。広いリビングダイニング。奥のドアは猫たち専用の部屋らしい。ドア下部に可愛らしい装飾の施されたペットドアがついている。

そのリビングの真ん中あたりで追いついて、今一度円哉の腕をとる。そして、自分を振り向かせた。

「昨日のはよくわかんないけど、今日のはわかったよ。それと、この前花屋さんが来たときに不機嫌だったわけも」

「放……っ」

暴れようとする身体を抱き込んで、抵抗を奪う。ぎゅっと抱き締めると、円哉はハッとした顔で皇貴を振り仰いで、つぎに白い頬を血色に染めた。

「そんなに意地張って、すれた大人のふりして、疲れない？」

「な…に、言って……っ」

本当はこんなに可愛いものが好きで、猫たちに囲まれていないと寂しくてしかたないくせに、ひとりでいいなんて意地を張っている。

何が円哉をそうさせたのか……皇貴にわかるのは、彼の心を傷つける、何か大きな出来事があったのだろうということだけ。だが、問う必要はないと思えた。

最初のとき、皇貴が触れたら、円哉は怯えた。あからさまな怯えを滲ませて、真っ青になって震えていた。皇貴の腕を本能的に拒んで、そんな自分に驚いていた。

でも今、皇貴が抱き締めても、円哉は暴れはするものの、怯える様子は見られない。顔は真っ赤になっていて、あのときの真っ青で血の気の引いた顔とは全然違う。

それが、答えだと思った。

自分の一方通行だと思っていたけれど、それでも拒絶されさえしなければ、我慢できると思っていたけれど、自分は存外強欲な性質だったらしい。

兄のかわりじゃない。

円哉自身が欲しい。

「妬いたんだろ？　俺が女の子たちと一緒にいるの、気に食わなかったんだ」

「違……っ」

「花屋さんのときもそうだ。俺が構うのが気に食わなかったんだ。俺は、この店のためにと思って手伝っただけだったのにな」

「皇貴……っ！」

勝手なことばかり言うなと、きつい眼差しが睨み上げてくる。

その、羞恥と憤りに眦《まなじり》を赤く染めた表情が、たまらなく艶っぽくて、腕のなかでかすかに震えながらも体温を上げていく細い身体が愛しくて、皇貴は衝動のまま円哉の後頭部を引き寄せていた。

「……んんっ」

包み込むように口づけて、反射的に逃げを打とうとする身体を腕のなかに深く閉じ込める。細い腰を抱き寄せ、後頭部を支えて逃げられなくした。

だがすぐに、強く拘束する必要はなくなる。円哉の指先が、縋るものを求めて皇貴の胸元にぎゅっと皺を寄せた。

その手をそっと握り、自分の首にしがみつくように促す。細い腕が、皇貴の首をぎゅっと抱き寄せてきた。

本能的に、肉体が欲望を求めはじめる。それに流されるように円哉の肉体が反応を示しはじめて、皇貴は欲望のままに甘い口腔を貪《むさぼ》りつつ、その一方で理性を総動員させた。

「ん…ぁ、は…」

長い口づけから解放されて、円哉の濡れた唇が甘い吐息を零す。その唇を、今度は淡く啄《つい》ばみながら、そっと円哉の様子をうかがった。

ベッドルームに移動する間に円哉が冷静さを取り戻してしまいそうで怖くて、そのままそっと背後のソファに腰を下ろすよう促す。そして、ごく自然な動作で、細い身体を横たえた。

「こ…き……？」

ぼんやりとした瞳が見上げてくる。キスだけで思考を停滞させてしまったらしい。いつもは気丈な光を宿している瞳がとろんと潤《うる》んで、細い身体は頼りなくソファに沈み込んだ。

前で結ばれているエプロンの腰紐を解き、ワンショルダーの胸あてをずらして、その下の、店の制服がわりにしているのだろう白いシャツのボタンをひとつひとつ外していく。露わになった白い肌は蛍光灯下にも発光するような透明感を感じさせ、その手触りを愉しむように掌を這わせると、敏感になった肌がビクリと戦慄いた。

白い胸に恭《うやうや》しく唇を落とし、怯えさせないようにと細心の注意を払って、その肌を暴いていく。

淡い肌に羽根のような愛撫を落とした。余すところなく。胸から脇腹、臍《へそ》を辿《たど》って、浅穿《ば》きのウエストから覗く腰骨へと。

フロントを寛げ、薄い布越しにそこを撫でると、円哉の欲望は兆しを見せ、それどころか淫らな蜜さえ零しはじめていて、皇貴を安堵させた。

年上の綺麗な人が、自分の腕のなかで呼吸を荒らげ、涙を浮かべて、快楽に堕《お》ちようとしている。その姿が皇貴の若い牡を容赦なく刺激する。布の上からカタチをなぞると、細い腰が揺れた。

ピッタリとした下着を、パンツごと乱暴に引きずり下ろす。

「あ……っ、やめ……っ」

皇貴が何をしようとしているのか、霞んだ思考でも感じ取ったらしい。反射的に上体を起こ

した円哉だったが、その光景を直視できなかったのか、顔を背け、力の抜けた身体をズルズルとソファに沈み込ませた。

濡れそぼつソコをいきなり深く咥《くわ》え込み、抵抗を奪う。それから膝のあたりに引っかかった細身のパンツを、白い脚から引き抜いた。

「や…だ、そ…な、こと……っ」

掠れた声で嫌だと繰り返しながらも、身体の力は入らないようで、ぐずぐずに蕩《とろ》けていく。

悩ましい太腿《ふともも》を開かせ、その中心で顕著な反応を見せるものを、舌で指であやして、さらに奥まった場所にも指を滑らせた。

年齢のわりに淡い色の欲望が、ふるふると震えている。男同士だからこそわかる感じる場所を的確に責め立て、「いや」も「ダメ」も言えなくする。焦らして啼《な》かせるのは、次でいい。今はただ、一刻も早く、少しでも深い場所へ、踏み込みたかった。

「円哉……」

呼び捨てても、怒られない。そんな余裕など、あるはずもない。円哉の分身からは止《と》め処《ど》なく蜜が溢れ、すでに狭間《はざま》を濡らしている。腰を抱え、さらに大きく太腿を割り開いて、滴った滑りを塗り込めるように、慎ましく閉じた場所に舌を這わせた。

「や…ぁっ、な……っ」

むずかるように頭《かぶり》を振って円哉が身悶える。その拍子に、乱れた髪がパサパサとソファカバーを打って、白い頬を幾筋もの涙が伝った。

口づけられて、背に震えが走って。その時点でもう、身体から力が抜けるのがわかった。楽しげに指摘された内容はどれも真実を突いていて、いたたまれなくて恥ずかしくて、逃げることしかできなかった。

仮面が剝がれていく。

子どものくせにと侮《あなど》っていた相手によって、ひた隠した素の自分が、暴かれていく。子どもは己の欲望に忠実で遠慮も容赦もないから、だから嫌いなのだ。そう思うのに、その傍若無人さが心地好くてたまらない。

思考は蕩けていて、考えがまとまらない。ただ、恥ずかしいことをされているという自覚だけはハッキリとあって、それに自分が流されていることも認識していた。

同性に触れられるのなんて、気持ち悪いだけだと思っていた。なのに、皇貴の指も唇も、官能しか生まない。快感は感情に裏打ちされているのだと、思い知らされる気分だった。

「や…っ、痛……っ」

舌で蕩かされていた場所に、硬い何かが触れて、異物が侵入してくる感触。

「や…だ、やめ……っ」

弱々しく頭《かぶり》を振っても、情事の最中の抵抗の言葉など睦言《むつごと》にすぎないとばかり、無視されて、敏感な内壁を擦《こす》り上げられた。

「あ……っ、あぁっ！」

内部を探っていた指が、円哉の敏感な場所を探し当てる。激しい喜悦が襲って、円哉はそれまでぎゅっと閉じていた目を見開いた。

涙に濡れた視線の先には、逆光に浮かぶ影。目が光に慣れてやっと、顔の表情が陰影を結ぶ。

額に汗を浮かべ、見下ろす、精悍な相貌。

瞳には、獣の色。

いつもの爽やかな好青年は、どこにもいない。欲望に濡れる、若者の姿があるだけだ。

「皇…貴……」

煽《あお》られた身体が、早く解放してほしいと苦痛を訴える。

そんな円哉の焦燥を酌み取ったのか、後ろを探っていた指が引き抜かれ、かわりに熱くて硬いものが押し当てられた。

「あ…ぁ……」

ゆるゆると、目を見開く。視線の先には、苦しげに眉根を寄せた皇貴の、艶めいた相貌。硬い切っ先が、蕩けた襞《ひだ》を掻き分け、ゆっくりと侵入してくる。

「や…ん、くっ、痛…ぁ、痛い…っ」

引き裂かれるような激痛が襲って、しがみついた屈強な肩にガリッと爪を立てた。

「余裕なくて、ごめん」

鼓膜に苦しげな声が落ちてきて、直後、円哉は悲鳴を上げていた。

「や――……っ！」

一気に最奥まで埋め込まれて、細い背が撓り、白い喉が仰け反った。逃げようとする腰を押さえつけて、皇貴は根元までをおさめてしまう。はじめゆっくりと、やがて激しい律動が、逞しい腰から送り込まれて、円哉は掠れた喘ぎに白い喉を震わせた。

「あ…ぁ、痛…た、ぁ」

揺すられるたび、繋がった場所が引き攣れた痛みを訴える。

けれど、そんな円哉をあやすように頬に瞼に降らされる淡いキスが、少しずつ少しずつ苦痛を拭《ぬぐ》い去って、その奥から、痛みではない痺れるような感覚が生まれはじめた。

それが快感であることに、濡れた悩ましい声が鼓膜に届いてはじめて気づく。その声が自分の発するものであることに気づくのにさらに時間を要して、円哉は欲望に濡れる表情を隠すように顔の前で腕をクロスさせた。

「や…だ、こ…な、の……」

その腕を取り、一まとめに頭上に拘束して、皇貴は円哉の瞳を覗き込んでくる。

「や…め、皇…貴っ」

「ダメ。ちゃんと顔見せて。嫌じゃないって、俺の一方通行じゃないって、教えてよ」

「皇…貴？」

視線の先には、真摯な眼差し。

腕を伸ばして首を引き寄せ、返すことのできない言葉のかわりに、精いっぱいの想いを込めて、触れるだけのキスを返した。

「円哉……っ」

噛みつくようなキスが襲って、息も絶え絶えになるまで貪られる。

荒々しい抽挿《ちゅうそう》に見舞われて、悲鳴にも似た声を上げ、ひしっと広い背にしがみついた。

「皇…貴っ、あ、ぁっ、そ…な、に……ダメ……っ」

激しく腰を打ちつけられて、後ろへの刺激だけで円哉は白濁を迸《ほとばし》らせてしまう。敏感になった内壁が、皇貴自身をキュウッと締めつけて、頭上から低い呻きが聞こえた。

最奥で感じる、熱い迸り。

皇貴の劣情に汚されたのだと気づいて、ゾクゾクとした快感が背を駆け昇った。余韻に震える肌が、内部の牡を煽り立てる。

「円哉さん？　まずいって、これ……」

果てたばかりの欲望が、ドクンッと頭を擡げる。繋がった場所でその変化をリアルに感じ取って、円哉はカァーッと全身に血を巡らせた。

「や……なん、で……」

足りないと、もっと欲しいと、肉体が訴えている。その浅ましい反応に羞恥と恐怖を感じて、円哉は見開いた瞳にジワリと涙を浮かべた。だが、震える円哉に気づいた皇貴は、満足げに微笑んで、眦にたまった涙をキスで吸い取る。そんな淡い刺激すら、今の円哉には拷問だった。

「嬉しい……こんなに感じてくれるなんて」

「皇…貴、たすけ…て……っ」

「ん、わかってる」

窘めるようなキスのあと、身体を起こした皇貴が、円哉の腰を支え、体勢を入れ替える。

「——……っ!?」

咄嗟に逞しい首にしがみついてその衝撃に耐えた円哉だったのだが、すぐさま下からの突き上げに襲われて、背を撓らせ、皇貴の頭を胸にぎゅっと抱き締めた。

鎖骨に歯を立てられて、その痛みにも肌が震える。痛みはやがて、深い快感へと姿を変えた。

「あぁっ、あぁんっ!」

突き上げに合わせて、自然と腰が揺れはじめる。胸に抱き込んだ皇貴が、円哉の胸元を啄ばみ、色づいた尖りに歯を立てる。自重によってより深い場所まで穿《うが》たれて、円哉は痛みの奥から湧き起こる深すぎる喜悦に、恐怖し、啜《すす》り啼いた。

「円哉……すごいよ、こんな……」

「い…や、だ……っ、あ――…っ」

恥ずかしいセリフを耳朶に囁かれて、蕩けた身体は、それにも反応を見せる。

再び頂《いただき》を見たとき、円哉の意識は白く霞んで、もはや思考力など残ってはいなかった。


しばらく意識を飛ばしていたらしい、気づいたとき、円哉は抱き合っていたソファではなく、ベッドの上にいた。皇貴が運んでくれたのだ。自分がパジャマを着せられていることに気づいて、気を飛ばしていた間に皇貴が後始末をしてくれたらしいことにも気づいた。

「ごめん。クローゼット、勝手に漁らせてもらった」

甘い声の主は、ベッドの端に腰かけて、長い足を組み、円哉を見下ろしている。はだけられたままのシャツの合わせから、逞しい胸板が覗いている。優等生が、ふとした瞬間に見せるワイルドな表情、といった風情か。あの広い胸にきつく抱き締められていたのだと思ったら、全身の血が沸騰するような感覚に襲われた。

目が合って、恥ずかしさに駆られ、顔を背けてしまった。布団を目元まで引き上げて、皇貴に背を向ける。

そんな円哉の行動を、皇貴はもはや誤解したりはしなかった。

上体を倒し、布団ごと円哉を抱き締めると、布団からはみ出た髪に口づけを落とす。そして、布団の端を摑む手を外させた。

顔を隠すものがなくなって、でも背を向けた恰好のまま。羞恥に染まった頰に、やわらかく唇が触れる。

——流されてしまった。

と思うこの気持ちが、後悔なのか歓喜なのか、判断がつかない。

ただ、嫌ではなかった。それはたしかだ。

殊勝なことを言いながら、いざとなったら遠慮のカケラもなかった皇貴の行動力も、責めるつもりはない。でも、どう反応していいかわからない。だから、黙るよりないのだ。

皇貴の体温に包まれていると、自然と瞼が落ちてくる。

心地好くて、このまま眠ってしまいたいと思った。

そのとき。

静寂の満ちていた空間に、突如電子音が響き渡って、円哉はビクリと首を竦ませた。

携帯電話の呼び出し音。

覚えのある音色だったのだろう、皇貴は小さくため息をつくと、ジーンズの後ろポケットに手を伸ばした。

ディスプレイに表示された名前を確認した皇貴は、それまでの甘く艶めいた表情をサッと消し去って、硬い声で電話に応じる。

『邪魔して悪いな。戻って来られるか？』

連絡を寄越したのは、院長だった。

「どうしたの？」

兄の声から緊急であることを察したのだろう、皇貴はベッドから身体を起こし、己の襟元を整えはじめる。

『急患が入った。山本《やまもと》さんとこ往診に行ってくるから、その間病院たのむ。依月にも可能なら戻ってくるように連絡入れてくれ』

病院には今、今日の午前中に緊急手術をした柴犬が入院しているとかで、無人にするわけにはいかないらしい。兄が口にした往診先の患蓄の情報を記憶のなかから探し出して、皇貴は厳しそうだなと呟いた。院長が往診に向かった先は、どうやら重傷患者の元のようだ。

「ごめん、呼び出しだ」

そういう顔は、もうすっかり獣医見習いのものになっている。背中を向けていた身体を皇貴に向けて、円哉は頷いた。

獣医の卵でも、あの病院にとっては大事な戦力だ。どんな状況だろうと、ひきとめる気は毛頭ない。何より、ちょうどいい、と思えた。流されるまま一線を越えてしまって、どういう態度で接していいのか、今の円哉には考えが及ばない。ゆっくり寝て起きたら、案外どうでもよくなっているのかもしれないと、今は楽観的に考えることにした。

「ひとりにしてごめん。戻ってこられたら戻ってくるから。せっかくのはじめての夜だし」

皇貴の口許に浮かぶのは、妙に男くさい笑み。それを目にして、円哉はカッと頬が赤らむのを感じた。

「……っ、バカッ」

何が夜遊びもしたことのないいい子、だ。

そうとう手慣れているではないか。

兄たちの前では完璧な好青年を装いつつ、陰で何をしているかわかったものではないと、内心毒づく。

要領よく遊んでいるに違いない。

でなければ、はじめての自分があんなに乱されるわけがない。どう考えても、十代の経験値ではなかった。

思ったけれど、問いただすのは後日でいい。今はもう何も言えない。言葉を探せない。

今一度、今度は額にキスを落として、皇貴は腰を上げる。そして、大股にベッドルームを出て行った。

皇貴が後始末をしてくれたようで身体は気持ち悪くなかったけれど、それでもやっぱりシャワーを浴びようと、思い立った円哉は、しばらくしてヨロヨロとベッドを抜け出した。

寝室のドアを開けたところで階下からドアベルの音が聞こえて、一瞬ビクリとしたものの、ベッドに逃げ帰るのも妙だと思い、階段を下りた。

「皇貴？　忘れ物でも……」

病院に戻るときに店のドアを開けて行ったのなら、次に戻るときには勝手口から出てもらって、店のドアには鍵をかけておかなければ…と思ったのだ。そうだ、今度からは、勝手口から入ってもらおう。店を閉めたあとなら、プライベート用の玄関を使ったほうがいい。

店には経営時間より光量は落としてあるが、常に灯りがついている。これはセキュリティ対策として有効だからであって、経営時間外に人の出入りがあるのは、あまりいいことではない。

「皇貴？　戻ってくるつもりなら勝手口の鍵を……」

階段の途中で、足を止めた。

ドアの前に立っていたのは、皇貴ではなかった。

「す、すまない……灯りがついてて、鍵が開いてたものだから……」

今日は、社名ロゴの入ったジャンパー姿ではなかった。仕事帰りなのだろう、スーツを着ている。

「……なんで……」

夢から、一気に現実に引き戻された。

頭から冷水を浴びせられたように、全身の血がサーッと冷めていく。その結果、身体の奥に皇貴が残した熱の存在が違和感のあるものとして中心に残り、その重さと異物感とを、円哉に強く認識させた。

「水嶌《みずしま》……俺……」

男が何をしに来たのかは、すぐにわかった。

階段を下り、男の脇を行き過ぎて、店のドアに手をかける。

「すみません。鍵をかけ忘れたようで……営業時間は終了していますので、お帰りいただけますか？」

男を外へと促しながら、言った。

だが、自分の感情しか見えなくなっている男は、円哉の困惑にも憤りにも気づかない様子で、必死の形相で言い募ってくる。

「水嶌、俺、どうしてもおまえに……っ」

「お話しすることはありません」

「俺、謝りたいんだ！　ホントにずっと、後悔してて……」

「勝手なこと言うなよ!!」

たまりかねて、声を荒らげていた。

「後悔するくらいなら、しなきゃいいんだ」

男を振り返り、震える声で言葉を紡ぐ。冷えた感情が、フツフツと腹の底から湧き出るのを感じた。

「水嶌……」

「あれが、親友にすることなのか？　親友を騙して貶めて……仲間を集《つど》って、おまえは僕に何をした!?」

この先の人生、ずっと友人でいられると思っていた円哉を、目の前の男は裏切った。

彼ひとりなら、たとえ暴力を受けても、その理由を問うことができたかもしれない。だが男は仲間を集い、円哉を嵌《は》めて、暴力に及ぼうとしたのだ。

笑えるようになるまでに、円哉がした苦労は計り知れない。

あの事件で円哉が失ったものは、もっと計り知れない。他人《ひと》の人生を歪めておきながら……。

「あ、あのあと、水嶌、学校にこなくなって……謝りたかったのにできなくて……」

「何も聞きたくない。帰ってくれ」

男の腕を摑み、ドアの外へ押しやろうとする。すると逆に肩を摑まれてぐいぐい押され、カウンターを背に押さえつけられてしまった。

「や……っ」

ハッと顔を上げた先には、何かにとりつかれたような、男の顔。

「すまない……俺……俺……、あのころ、おまえのこと……っ！　見てたんだ、ずっと！　すごく綺麗で、おまえ、男なのに……いまだって、こんな……っ」

乱暴に揺さぶられて、パジャマの肩がはだける。

露わになった、発光するように白い肌に、たしかに男は生唾《なまつば》を呑んだ。

そこには、皇貴が残した痕跡。

薔薇《ばら》色の、情事の名残《なごり》が、色濃く見て取れた。

「水嶌……やっぱりおまえ……そうなのか？　この店も？　そうやって……なんでだよ……なんで!?　俺はダメだったのに、なんで」

呂律はまわっていなかったけれど、男の言いたいことは伝わった。

カッと頭に血が昇った。

「一緒にするな!!」

毛を逆立てながらこの状況を見守っていた猫たちが、ビクリと飛びすさるほどの声だった。

欲望を押しつけて暴行に及ぼうとしたような男と、皇貴を一緒にされたくない。パトロンなんて誤解も、もうウンザリだ。

「い…や、だ！　放せ……っ!!」

正気を失いつつある男の手が、円哉の襟首を絞め上げてきて、円哉は息苦しさに呻いた。

身体が凍りついた。

過去の記憶がフラッシュバックする。

「頼む……頼むから……っ、水嶌……っ」

冷静さを失くした男も、もはや何を口走っているのか、自分が何をしにここに来たのか、わからなくなっていたのかもしれない。

円哉の意識が、フッと暗くなりかけたときだった。

「みぎゃあ！」

獣の咆哮と、

「う…わ、あ！　なんだ……っ!?」

男の悲鳴。

カウンターの下にズルズルとヘタリ込んで、床を這って壁際に逃れる。

「ヴァナ！」

男の顔に張りつき、爪を立てていたのはヴァナディースだった。あの警戒心の強い猫が、円哉のために男に襲いかかっているのだ。

「ヴァナ！　やめるんだ！」

どちらも、怪我をしかねない。そう思って止めようとした。

だが一瞬早く、男の手がヴァナの首を摑んで、勢いのままヴァナディースを放り投げる。

「ヴァナ!?」

「ふぎゃ!」

放り投げられた先が問題だった。

軀を捻《ひね》って着地しようとしたヴァナだったが、カウンターの奥の作業台に並べられている細々としたものに足を取られて、周囲のものをなぎ倒してしまう。

円哉は、ハッとした。

その瞬間以降のシーンは、すべてスローモーションに映った。

作業台の上に、黄色いランプ。湯沸しポットの、保温ランプだ。

危ないと、思ったときには、湯煙が上がっていた。

重い物が床に落ちて、激しい音を立てる。いつもなら、湯を捨てて、コンセントプラグを抜いて、危険のない状態にして、店を閉める。猫たちの安全のために。営業時間中はいい。円哉の目があるから。だが、夜間帯猫たちは、二階の猫部屋と店舗とを自由に行き来する。何が起きるか知れないから、可能な限り危険を取り除く。それが飼い主の務めだからだ。

でも今日は……。

皇貴のことに気を取られていて、ルーティンの仕事のはずなのに、片付けの手順がめちゃくちゃになっていた。

そのときに、忘れてしまったのだ。

忘れて、湯の入った状態のまま、高温に設定したまま、放置してしまった。

「ヴァナ！　ヴァナディース!?」

湯気がもうもうと立ち込める。すぐに視界はクリアになって、しかし円哉は、目にした光景に悲鳴も上げられず、目を瞠った。

6

びっしょりと濡れたバスタオルを抱えて、自分自身もびしょ濡れになって病院に飛び込んできた円哉に、皇貴《こうき》は驚いてカウンターを飛び出してきた。

「円哉《まどか》……!?」

「助けて！　ヴァナが！」

濡れたバスタオルのなかに、ぐったりと目を細め不安げに鳴きつづけるヴァナディースがいた。皇貴は、目にした状況から、咄嗟に火傷だと理解したらしい。

「こっちへ」

皇貴は円哉の背を支えて、診察室の奥、処置室の診療台の上にヴァナを寝かせるよう促した。

「院長先生は？」

「まだ戻ってないんだ」

答えたときにはすでに、皇貴の手は電話の受話器を握っていて、至急戻ってきてくれるよう往診先の院長に状況を伝えていた。

「ごめん。俺の判断ミスだ。いっちゃんに連絡入れてない」

依月《いつき》を呼び戻すように言われていたのに、せっかくのオフを邪魔したくないと考えた皇貴は、連絡を入れなかったのだ。

自分がすぐに戻れるからと、院長は応えたらしく、電話を切った皇貴は、依月宛に一本のメールを入れると、すぐに応急処置にとりかかった。

「とにかく冷やして、それからショック症状の改善だ」

「で、できるの…か？」

兄たちの仕事ぶりを間近で見ているとはいえ、彼は獣医ではない。国家試験に受かったばかりの見習いでもない。獣医学部に通う学生だ。しかもまだ一年生。

「大丈夫だ」

「なんとかするから」と、返されると思っていた。だが皇貴は「大丈夫だ」と言った。言いきった。円哉は目を見開いて、皇貴の横顔を凝視する。

「院長が戻るまで、応急処理でのりきる」

ヴァナの火傷は全身に及んでいる。人間なら大火傷どころではない。命にかかわる状況だ。

だが、火傷の治療としてできることは限られている。ひたすら冷やすしかない。

「すぐに冷やしたんだ。でも……っ」

「範囲が広いな……でも、大丈夫だ。意識もしっかりしてる」

ヴァナの様子を細かく観察しながら、皇貴は円哉も気遣う。この状況で、火傷したヴァナディース以上に、円哉のショックを宥《なだ》めることのほうが皇貴にとっては大変なことだった。

「ヴァナ……、ヴァナ……」

皇貴の言葉に勇気づけられながら、言われるままに応急処理を手伝う。直接水につけると怯えてしまうから、濡らしたバスタオルでヴァナを包み、患部を冷やすのだ。

ヴァナディースは、震えながら低く唸っている。痛いのか、苦しいのか。両方だろう、でもほかに何もしてやれない。

どれくらいの時間が過ぎただろう。

病院の外で、騒々しいエンジン音が轟いた。直後、病院の奥、通用口のドアが開いて、痩身の人物が駆け込んでくる。その後ろから、長身の派手な風貌の男が往診鞄を手につづいた。いつも派手なスポーツカーで病院に乗りつけてくる、院長のパートナーだ。

「容体は？」

処置室に入るなり、ヴァナの様子を尋ね、院長は状況を確認しはじめる。

「熱湯による火傷です」

「やかんか？　ポットか？」

それには、円哉が直接答えた。

「ポ…ットの湯です。暴れて倒してしまって……お湯の温度、一〇〇度に設定してあったから……」

沸騰したばかりのやかんの湯と、さほど変わらない温度だったはずだ。

「コードを齧《かじ》ったりはしませんでしたか?」

「わ…かりません。湯気がすごくて……」

湯による火傷だけなら、冷やすしかない。全身に及んでいて意識がなければほかの処置を考えなければならないが、それ以前ならひたすら冷やすしかないのだ。だが、感電による火傷となると話が違ってくる。

やかんかポットかと院長が確認したのは、コンセントが湯に触れたことで、感電もしているのではないかと心配したためだ。

院長はヴァナの口を開いて火傷をしていないか調べ、皇貴に軀の火傷部分の毛を刈るよう指示する。

「意識はあるし、感電のほうは大丈夫そうだな」

感電すると、多くの場合意識を失くしていたり、場合によっては心臓が止まっている場合もあるらしい。ヴァナは火傷のショックでひどく鳴いていたものの、意識はあった。

外から、また別の車のエンジン音。通用口から駆け込んできたのは、依月だった。

「ごめん、遅くなっちゃって」

立ち竦む円哉と処置台の上のヴァナを見て状況を酌み取り、依月は院長の向かい、皇貴の隣に立つ。

「俺がしぃちゃんの言いつけ守らなくて、連絡入れなかったんだ」

「バカ。何、変な気つかってんの」

皇貴の手から鋏《はさみ》を奪い、

「ここはもういいから。水嶌《みずしま》さんにバスタオルと着替え。あのままじゃ風邪ひく」

次兄に諫められて、皇貴が処置台を離れる。

いったん二階に上がって、大判のバスタオルとスウェットの上下を手に戻ってくる。着替えを促されて、しかし円哉は首を横に振った。その円哉の全身を包むようにバスタオルが肩にかけられ、皇貴の腕が失った体温を取り戻させようと背を擦《こす》る。

「待合室で座ってるといいよ」

気遣う言葉にも首を横に振って、かわりに尋ねた。

「電話、借りてもいい？」

円哉が連絡を入れたのは、ヴァナディースを本当の娘のように可愛がっている、永峯《ながみね》のもとだった。

結局自分にできることは何もなくて、円哉は待合室のソファで永峯を待つことにした。

「何も、訊かないんだね」

警戒心の強いヴァナディースが、ポットを倒すような悪戯をするはずがない。棚やテーブルの上にだって乗らない子なのだ。皇貴はそれを知っている。ヴァナがそんなことをしたのだとすれば、それなりの事態が生じたのだと察しがついているはずだ。

「ガキにも、プライドがあるから」

円哉が話したくないのなら、それでいいと呟く。でもその声には、ありありと真逆の内心が滲んでいた。

「でも、ごめん。傍にいられなくて」

大変なときに、なぜすぐ傍にいて、助けてやれなかったのかと悔いる、苦い声。それだけで充分だった。仕事なのだ。いいかげんにはしてほしくない。

「病院ほっぽって来てたら、幻滅するよ」

皇貴には将来、院長以上の獣医になってもらわなくては困るのだ。

言うと、皇貴は少し安心した顔で、口許に笑みを浮かべた。

そんな皇貴が微笑ましくて、愛しくて、円哉はすぐ隣にある頼れる肩に額を寄せる。少し遠慮がちに肩に腕がまわされて、おかしくなった。

「何？」

「だって、今さらなのに」

もう全部、奪っていったくせに、今さら肩を抱くくらいで遠慮するなんて。

体重をあずけると、肩を抱く腕に力がこもって、円哉は皇貴の胸に頬を寄せた。こんなふうに、誰かに頼って甘えて安堵する自分など、少し前まで想像もつかなかった。

「怒ってない？」

何を思案しているのかと思ったら、皇貴はそんなことを尋ねてくる。直後はあんなにふてぶてしい態度で大人の男の色香さえ振りまいていたくせに。今さら反省したとでも？

子どもの思考回路は本当に謎だ。これがジェネレーションギャップというものなのだろうか。

唖然とする以上に笑いが込み上げてきて、円哉は意地悪く返した。

「なんで怒らなきゃならないの？」

「だ…って、さ。俺、結構強引だったから」

「結構、じゃなくて、思いっきり強引だったね」

それほどでもなかったけれど、あえて言ってやった。すると案の定、ムスッと口を歪めた皇貴が、言い募ろうとする。

「でも円哉さんだって……っ」

だが、円哉の肩が揺れていることに気づいたのだろう、言葉を途中で切って、いったいどうしたのかと顔を覗き込んできた。円哉が肩を揺らして笑っていることに気づいて、怪訝そうな顔をする。

「〝さん〟付けに戻ってる」

エッチの最中は、不敵な男の表情を見せて、年齢にそぐわない口調で、呼び捨ててみせたくせに。

「意地悪言うなよ」

あの院長の躾の賜物なのだろう。不敵になりきれない好青年は、困った顔で嘆息して、逆に甘えるように、円哉の肩に額を擦りつけてきた。

「でもホントに、いいんだ。俺、長期戦でいくつもりだから。ちょっと焦って暴走したけど……」

「もう手に入れたから、この先はゆっくりいくって？」

一度身体を繋いだからって、自分のものになったなんて思っているのならお門違いだと、諌めてやる。人生は長いのだ。何があるかわからない。

「……そういう意味じゃないけど……」

「ごめん。また意地悪言った。……僕には、君みたいにまっすぐに、言葉を紡ぐことができないんだ」

「円哉さん……」

永峯が駆けつけるまでの間にと、円哉はヴァナディースが火傷した経緯を、包み隠さず皇貴に話すことにした。その流れで昔の親友との間にあったことも、話さざるを得なくなるだろう。それでもいい。皇貴には、知っていてほしいから。

「昔、親友に犯されそうになったことがある」

言葉は、思いがけずすんなりと出てきた。

隣の皇貴が、目を瞠り、息を呑む気配。肩を抱く腕の力が強められて、円哉は安堵する。そうしたら、胸の奥で滞っていたものが、スーッと落ちていく気がした。

それはもうずっと、つくった笑顔の奥、心の奥底に、鍵をかけて押し込めて、なかったことにしていた、忘れたくても忘れられない過去の傷。

暴力を受けた事実以上に、信じていた相手に裏切られたという心の傷が、円哉に八方美人の仮面をかぶらせた。

高校時代のことだ。あと少しで卒業という時期の、寒い冬の日だった。

高校三年間、親友として付き合ってきた友人から呼び出しを受けたのは、陽も落ちかかった時間帯。

各部の部室が並んだプレハブは、裏門に近い体育館裏という立地にあって、活気のある運動部が帰宅してしまうと、めっきり寂しくなる場所だった。

『小関《おぜき》？　こんなとこに呼び出して話ってなんだよ？』

この時期になって、進路に悩んでいるなんてありえないし……と思いながらも、最近少し様子のおかしい親友を心配する気持ちもあって、じっくり話を聞いてやろうと、食事の約束をしていた父にも、少し遅れるかもしれないと連絡を入れて、指定された場所に足を運んできた。

このときすでに円哉の両親は離婚していて、円哉は母に引き取られ、父とは定期的に食事をともにしていた。面接権、というやつらしい。だが離れて暮らすようになって以降も父子の関係は良好で、もしかすると、同居している母親よりも、父とのほうが親密だったかもしれないほど。円哉はよく父と出かけた。進路や人間関係についての相談も、もっぱら父にしていたほどだ。やはり男同士、話しやすかったのだろう。

親友は、明るいのが取り柄のくせして、最近妙に元気がなかった。何かを言いかけてはやめる…ということがたびたびあって、そのたび円哉は問いつめはせず、親友が口を開くのを待っていた。それも、父のアドバイスだった。じっくり待ってあげなさいと言われて、円哉はそうすることを選んだのだ。

だが小関はなかなか打ち明けてくれず、それとなく気遣う言葉をかけても、「なんでもない」と濁してしまう。その繰り返し。

言いにくいのだろうと、言う気になるまで気長に待つ気でいた円哉は、今日こそ話を聞かせてくれるのかと、そう思って、少し高揚した気持ちで足を運んできたのだ。

直後に、そんな純粋な気持ちを粉々に打ち砕かれることになるなんて、思いもしないことだった。

プレハブ小屋の、簡易なドアを開けると、そこにいたのは小関だけではなかった。同じクラスではなかったけれど、知った顔が小関のほかに三人いた。だが三人とも、あまりいい評判を聞かない学生たちだった。

『小関？』

背後で、バタンとドアが閉まった。三人のうちのひとりが、円哉の後ろでドアを閉め、鍵をかけた。前にふたりが立った。その奥に、小関がいた。

暝《くら》い顔をしていた。

目が淀《よど》んでいた。

親友の顔とは思えなかった。円哉が認識する小関は、もっと明るくて爽やかな男だった。

説明はいらなかった。

状況が、危険であることを本能に直接伝えてきた。

逃げた。だが、逃げられなかった。

ドアの前は自分より大柄な同級生に塞がれ、鍵もかけられている。

ひとりが口笛を吹いた。下品な口笛だった。

ひとりに腕を摑まれ、後ろから羽交《はが》い絞めにされた。前に立ったひとりに腹を殴られ、膝から力が抜けた。がむしゃらに暴れたら、抵抗を奪う意図で殴られ、蹴られて、意識が霞む以前に、恐怖に竦んだ肉体が、抵抗を忘れた。

逆らったら殴られる。——殺される。

彼らにそこまでのつもりなどなかったのだろうが、しかし円哉にとってはそれほどの恐怖だった。

三人がかりで制服を剝かれて、四肢を押さえつけられた。

『いくら綺麗だからって、男なんかって思ってたけど……』

『いいなぁ。真っ白だ』

『おい、小関！　ヤりたかったんだろ？　突っ込んでやれよ』

同級生たちが下卑た言葉を口々に投げかけていたけれど、そのどれも、円哉の鼓膜に引っかかりはしなかった。円哉はただ、信じられない気持ちで親友の顔を凝視していた。

『小…関、ど…して……』

ゆっくりと歩み寄ってきた親友が、円哉の膝に手をかけ、同級生たちの手を借りて、円哉に淫らな姿勢をとらせるのを、もはや直視することはできなかった。

四人の手が、肌を這うのがたまらなく気持ち悪かった。

『痛……っ』

円哉の局部を乱暴に擦り上げたのは、小関の手。

『水嶌……、イけよ、俺の手で……っ』

気持ち悪いのに、嫌なのに、身体は刺激に対して反応を見せる。男たちが気色ばむのを見て、自分の肉体が恥ずかしい反応を見せているのだと知った。

小関が覆いかぶさってこようとするのを、頭《かぶり》を振って必死に逃れた。それが腹立たしいとばかり、頬を張られた。親友に。

いや違う。もはや親友などではなかった。友ではない。小関は自分を欲望の対象にして、それだけでなく、第三者の力を借り、暴行に及んだのだ。

『水嶌……、俺……俺……おまえのこと、……こうしたかったんだっ、ずっと、触りたくて……一年のときからずっとおまえのこと……っ』

その先の言葉は、とうとう紡がれることはなかった。元親友の心情を吐露する言葉など、聞かなくてよかったと、あとになって思った。

後ろを乱暴に探られて、激痛に悲鳴を上げた。

『い…や、だ――……っ!!』

必死に振り絞った声を聞きつけたのは、裏門に円哉を迎えに来ていた父だった。円哉が遅いのを心配して、様子を見に来てくれたのだ。

騒ぎが発見されて、男たちが慌てはじめたところまでは記憶があった。うっすらと父の顔を網膜に映した気がしたことも。

次に気づいたとき、円哉は病院のベッドの上にいた。

暴行による怪我は、打ち身や切り傷といった程度のもので、ひどい痣《あざ》になったけれど、骨や神経、内臓などにかかわるものではなかった。

だが心の傷は、はじめに自分がそうと自覚した以上に、深いものだった。

ただの暴行なら、円哉は闘ったかもしれない。くじけそうになる自分とも、世間とも、そして犯行に及んだ暴漢とも。

けれど、自分を犯そうとしたのが、親友だと信じて疑わなかった相手だったことが、円哉の精神をズタズタにした。

自由登校期間に入るまでの短い期間を病院のベッドの上で過ごし、それから卒業までの間、一度も登校することなく卒業した。大学付属の高校で、父が大学教授の職にあったのもあって、学校側は煩く言うこともなく、卒業証書を発行してくれた。

時間が忘れさせてくれると思っていた。

けれど、そんな簡単な問題ではないことに、円哉は大学に入って、新たな生活をはじめたあとしばらくして気づいた。

人に不用意に触れられるのが怖い。

人の好意に裏があるのではないかと疑ってしまう。

誤解を生む言動をしているのではないかと不安になって、感情を表せなくなって、気づけば誰にも同じように接するようになっていた。

そのころだったと思う。同じ学部の友人たちが、円哉を八方美人だと揶揄《やゆ》するのを聞いたのは。

誰にでもいい顔をして、付き合いづらい、と。

そのときはじめて、自分は少しも立ち直っていないのだと気づいた。身体の傷は癒えても、心の傷は容易く癒えないのだと痛感した。

でも、積極的に改善しようとは思わなかった。またあんな事態を引き起こすくらいなら、あんな想いをするくらいなら、人間関係など希薄でいい。

猫を飼いはじめた。

可愛かった。

適度な距離感が、自分に合っていると思えた。

犬の愛情は重い。自分にはきっと、返せない。

でも猫は、気ままで気紛れで、集会を開くくせに、群れることなく個として生きている。

そんな猫たちを見ていると、心が休まった。

人付き合いは苦痛で、神経をすり減らすけれど、でもひとりきりでは生きていけない。社会とかかわっていなければ、人間は生きられない。

身勝手で自己中心的な愛情しか、求められない自分、与えられない自分。

そんな自分を自覚したときから、ひとりで生きていく方法を模索しはじめた。

父親の影響もあって大学では民俗学を学んでいたけれど、猫を飼いはじめたのをきっかけに、動物とかかわる仕事をしたいと考えるようになった。

ペットショップでアルバイトをしながら、ペットビジネスを学んだ。そうして過ごすうちに、やはり自分は動物に対しても偏った愛情しか注げない歪んだ人間なのだと気づいた。

だから、獣医やＡＨＴ《アニマル・ヘルス・テクニシャン》はぜったいに無理だと思った。ペットショップで働きながら、ひとつの可能性として動物取扱主任者資格をとった。けれど、生き物を扱う仕事だというのに綺麗事だけでは成り立たない現状があったのも事実で、生き物を商品として扱うことの厳しさを痛感した。

そんな折、母のお共で台湾に旅行に行ったとき、キャットカフェの存在を知った。

ＡＨＴでもブリーダーでもトリマーでもなく、動物とかかわれる仕事、動物と生きられる空間。

その存在を知って、目指すものが明確になった。そうして辿り着いたのが、《Le Chat《ル・シャ》》だったのだ。

すべてを話し終えたとき、円哉は皇貴の胸にぎゅっと抱き締められて、静かに涙を流していた。

事件の翌日、病院で目を覚まして、身体に痛みを感じて、でも円哉は涙を流さなかった。父に「何があったか覚えているか」と訊かれても、淡々と事実を話したほどだ。

あのときすでに、円哉の感情は死んでいた。

あのときに、泣き叫べなくてはいけなかったのだ。

「ごめん……つらいこと話させて」

皇貴の声が震えていることに気づいて顔を上げると、精悍な瞳が透明な雫《しずく》に濡れていた。

「バ…カ、おまえが泣くことないだろ」

大きな図体で、大学生にもなって、なのに恥じることなく透明な涙を流してみせる。皇貴のまっすぐさが、眩《まぶ》しかった。

「ありがとう」

溢れる涙を拭うため、そっと唇を寄せる。すると皇貴は驚いた顔で、咄嗟に身を引いてしまった。

「皇貴?」

いやだった？　と言外に問うと、カッと頬を染める。今度は円哉が呆気にとられて、まじまじと間近にあるハンサム顔を見つめてしまった。今さら歳相応の表情を見せられても、こちらが困ってしまうではないか。

にじり寄ると、今度は逃げない。

皇貴の頭を抱き寄せて、濡れた頬をそっと啄ばむ。しょっぱさがまた涙を誘って、長い睫《まつげ》を震わせると、今度は皇貴が円哉の頬を濡らす雫を、やさしく舐め取ってくれた。

「ヴァナディースは奥かな？」

互いの体温にうっとりしていたら、突然頭上から声が降ってきて、円哉はハッと現実に引き戻された。皇貴も、驚いた顔で背後を振り返る。そこに立っていたのは、永峯だった。

「憔悴しきった声で連絡もらったから慌てて駆けつけたんだが、その様子なら、たいしたことなかったのかな？」

病院の自動ドアの開く音にすら気づかず抱き合っていたらしい。慌てて皇貴の腕から抜け出して、しどろもどろに返す。

「あ……えっと……」

処置室に通じるドアに向かおうとしたら、そのドアの横、受付カウンターの奥から院長が出てきた。

「処置は済んでいますよ。お会いになられますか？」

チラリとこちらに視線を投げて、口許に薄い笑みを浮かべる。きっと、ふたりの話が終わるまで邪魔しないようにと気を遣ってくれていたのだろう。ヴァナの処置は、とっくに終わっていたのだ。

「おお！　ヴァナディース！　なんて姿だ。あの美しい毛並みがボロボロじゃないか！」

処置台に駆け寄ってヴァナの小さな頭を撫でた永峯は、大袈裟に嘆いて肩を落とす。

円哉が傍らに立つと、ヴァナはか細い声で「みゃ…」と鳴いた。もともと大きな声で鳴く子ではないけれど、その力のなさが痛々しい。

「ごめんね、ヴァナ。痛い思いさせて」

頭を撫でてやると、目を細めて、ゴロゴロと喉を鳴らしはじめた。

「広範囲の火傷ですが、大丈夫です。感電した様子もないですし、ひとまず今晩は入院させて様子を見ますが、何もなければ明日の夕方には引き取りに来ていただけると思います」

処置台の向こう側から、院長が説明をしてくれる。

「順序が逆になっちゃいましたけど、カルテをつくりたいので、あとで問診表に記入をお願いしますね」

院長の傍らに立った依月がたおやかに微笑んでくれて、円哉はやっと肩の力を抜くことができた。それは永峯も同じだったらしい。

「だが、よかった。熱湯をかぶったと聞いたときは生きた心地がしなかった」

そこまで言ってハタと動きを止め、永峯は隣の円哉の肩をガバッと摑む。何ごとかと目を丸くすると、

「円哉、君はなんともないのかい？　怪我は？　火傷は？」

驚いた円哉だったが、彼は昔からこういう人だから、すぐに立ち直って、落ち着いた声で返した。

「僕は大丈夫です」

「ならよかった。円哉に何かあったら、ママがニューヨークから飛んで帰ってきそうだからね。そうなったら私は、そそくさと逃げ帰らなくてはならなくなるよ。久しぶりに愛息子と過ごせているというのに」

永峯の軽い口調に小さく笑って、けれど円哉は瞼を伏せる。処置台に横たわるヴァナは、命に別状はないとはいえひどい姿だ。ペリドット色に縁どられた光彩がトロンとしているのは、さすがに疲れたからだろう。凜々しく大型の北欧の美猫が、なんだかひとまわり小さく見える。

「すみません。僕がついていながらこんな……ヴァナはお父さんからおあずかりした大切な子なのに……」

「気にしなくていい。軀の怪我は治療すれば治るんだから。トラウマを克服することはなかなか難しいが、ヴァナディースは君に大切にされていることをよーくわかっているから、それも大丈夫だろう」

どこか含みのある永峯の言葉を、円哉は長い睫を震わせながら聞く。円哉の後ろに立つ皇貴に永峯が微笑みかけるのを見て、円哉は父の言いたいことを察した。

「お父さん…て……」

皇貴の呟きを聞いて、円哉は背後をうかがう。

円哉の顔と永峯の顔を交互にうかがう皇貴を見て、そういえばまだ話していなかったことに思い至った。

「おや、まだ話してなかったのかい？」

最初の時点で、彼がそのことも含めて自己紹介をしてくれていたら、妙な誤解など生まずに済んだのに…と、責任転嫁な言葉が脳裏をかすめたが、円哉は口にはしなかった。どうせ今さらだし、あのとき気づかなかった自分も悪い。

「そうか、それは申し訳なかった。もしかして何か誤解してしまったのかな？」

要らないことまで言いながら、永峯は改めて皇貴に手を差し出し、戸惑う皇貴の手を取ると、かなりオーバーアクションな握手を交わした。もちろん強引に。

「円哉の父です。離婚して、円哉は母親に引き取られたもので、名字は違いますが、れっきとした父親です。パトロンでも愛人でもありません」

「……っ!?　お父さん!?」

どうやら、自分が常連客たちの噂の的だったことに気づいていたらしい。そういうことには敏感な人だ。日本人離れした性格の持ち主で、それが母との離婚原因だと円哉は聞いている。

唖然としていた皇貴が、次に小さな笑みを漏らす。それに満足したのか、永峯は皇貴の手を解放すると、今一度ヴァナに視線を落として、愛しげに小さな頭を撫でた。

「楽しいお父さんですね」

依月がクスクスと笑う。その隣では院長が、少々呆れた顔で腕組みをしていた。

7

コーヒーでも飲んでいきませんかという円哉《まどか》の提案に頷いた永峯《ながみね》をともなって、円哉はひとまず自宅に戻ることにした。大判のバスタオルで円哉の身体を包むようにしてその肩を抱く皇貴《こうき》も一緒だ。

明日の夜、店を閉めたあとで迎えに行くことを約束して、寂しそうに鳴くヴァナを、後ろ髪を引かれる思いで病院に置いてきた。だが、院長がついていてくれるから、安心だ。

《Le Chat《ル・シャ》》と《はるなペットクリニック》の間を通る道路は、住宅街を横切る二車線の生活道路で、昼間はそこそこ交通量があるものの、この時間になるとかなり静かだ。

いつもは足早に渡る道路を、今日はゆっくり歩いて渡って、しかし三人は、店の駐車場に停まる車に気づいて足を止めた。車のなかに人はいない。首を巡らせると、店のドアの前に、人影があった。

「小関《おぜき》……」

ヴァナを抱いて店を飛び出したとき、小関のことになど構っていられなくて、「帰ってくれ」

と怒鳴ったまま放置してしまった。まさか、あのあとずっと、ここで円哉が戻ってくるのを待っていたというのか。

人影が何者であるか気づいた皇貴が、サッと前に出て、円哉を自分の背後に隠す。

ドアを離れ、佇む三人に歩み寄ってきた小関は、ヴァナの一件で気疲れしているはずの三人以上に、疲れきった顔をしていた。

「あの……猫は……？」

「……入院したけど、命に別状はない」

掠れた声で問われて、ため息つきつつ返した。小関は自分のせいだと思っているのだろうが、あれは円哉に責任がある。だから気にしてもらう必要はない。そう匂わせるために、極力感情を抑えた声で答えた。

それにいくらか安堵の表情を浮かべた小関だったが、すぐに唇を引き結び、

「水嶌《みずしま》……頼む、この通りだ」

垂直に腰を折って、円哉に詫びる。直視できなくて、円哉は一瞬視線を揺らしたものの、しかし奥歯を噛み締めて男を見下ろした。謝られているはずなのに、まるで自分のほうが悪人になった気がしてくる。

「どうして……」

今まで何も言ってこなかったくせに、なぜ今になって？　円哉が姿を消してしまったから、

と小関は言っていたけれど、あの事件のあと、そんなに詫びたかったのなら、円哉を捜す手段はいくらでもあったはずだ。だが小関はそれをしなかった。だというのに……たまたま再会して罪悪感に駆られたのだとしても、不自然すぎる。

すると小関は、ガクリとその場に膝をつき、土下座をする恰好で地面に視線を落とした。円哉の顔を見る勇気は、ないらしい。

「ずっと、後悔してた。それは本当だ。でも謝りに行く勇気がなかった」

そして呻くように絞り出すように、ここまでする理由を、口にした。

「俺、親父になるんだ。このままじゃ、俺、人の親になんてなれない……っ」

その言葉を聞いて、円哉は胸の奥の何かが、スーッと冷えていくような感覚を覚えた。

「勝手なこと言うんだな。僕の傷は消えないのに、自分は綺麗な身体になって、幸せな家庭を持ちたいなんて」

「勝手だってわかってる！　でも……っ」

「ちゃんと異性と付き合えるのに、なんで僕にあんなことしたんだよ。うちの高校、共学だっただろ」

異性の存在が身近になかったわけではない。明るい小関は、クラスの女子生徒からも人気が高かった。お調子者だからと、円哉も茶化していた。人の輪の中心にいる親友を、円哉は羨ましく見ていたのに……！

「おまえとずっと一緒にいて、一緒にいすぎて、俺……あのころの俺は、おまえのこと……っ」

あの日、円哉に乱暴を働きながら、小関が繰り返していた言葉。

結局紡がれなかった言葉の先に、何があったのか。どんな告げたい言葉があったのか。

気づいていないわけではない。

でも、聞かなくてよかったと、ずっと思っていた。

過去の過ちを清算して、新たな生活をはじめようとする親友の姿に、怒りでも哀しみでも憎しみでもない、不可解な感情が湧き起こってきて、まるで誘導尋問のような言葉を口にした円哉だったのだが、打てば響くようにそれに返そうとした男の言葉を、しかし、低く落ち着いているのに迫力のある声が毅然と制した。

「黙れよ」

精悍な眉を顰め、その瞳に憤りを映した皇貴が、小関の言葉を遮る。

――……っ!?

皇貴の声を聞いて、円哉もハッと我に返った。自分が何をしようとしていたのか……頭に昇っていた血がサーッと冷めはじめる。

皇貴の短い一喝に、小関はビクリと肩を震わせ、顔を上げる。悲壮な表情を浮かべた男に厳しい眼差しを注いで、皇貴は吐き捨てた。

「あんたに、その先のセリフを言う資格はない」

「……っ」

息を呑んだ小関は、たぶんこのときはじめて、自分が犯した罪の真実の姿を認識したのかもしれない。

愛していると、言えば何をしても許されるわけではない。だが、手段を間違えなければ、通じたはずの感情だったかもしれない。

欲望に負けて、男は手段を誤った。二度と修復できぬほど粉々に、高校の三年間かけて築き上げた関係を叩き壊したのは男のほうなのだ。

「もう、帰って。二度と来ないでくれ」

「水嶌……」

「忘れるから。許せないけど、忘れるから。それで君が楽になれるんなら、いいよ」

長く苦しんだトラウマを克服するには、まだ時間がかかるだろう。それだけの傷を負わされて、簡単に許してしまえるわけではない。でももう、抱えているのもつらいのだ。

「円哉さん!?」

「もう、いいんだ。……僕も、楽になりたい」

あんなかたちで親友を失ってしまった喪失感を、この先も抱えて生きていかなくてはならないのならせめて、抱えるものは少しでも軽くしたい。

誰でもそうだ。人を傷つけて平気な人間などいない。傷つけた分だけ、自分も傷を負う。そ

の痛みに気づけないような人間と、友情を育《はぐく》んでいたとは思いたくない。

だから、もういい。

彼はきっと、いい父親になるだろう。痛みを知っている人間は、やさしくなれる。そう信じたかった。

「立ってよ。土下座なんか、しなくていい」

ぐっと奥歯を噛み締めて、掌を握り締めて、言った。

ノロノロと腰を上げた小関は、やっとその目に円哉を映して、くしゃりと顔を歪める。震える足を踏み出して、円哉は男の脇を大股に擦り抜け、店のドアを開けた。

店に入ろうとして、足を止める。

――幸せに。

口にしようとした言葉は、しかしどうしても、紡ぐことができなかった。

二階のリビングに駆け上がってソファに腰を下ろし、前髪をくしゃりと掻き上げた。

外から、車の走り去るエンジン音。終わった、と思った。

嗚咽《おえつ》が喉を震わせる。

ゆっくりと円哉に追いついて、隣に腰を下ろした皇貴は、何も言わず抱き締めてくれた。

「お父さん、帰られたよ」

言われてはじめて、すでに父の姿がないことに、円哉は気づいたらしい。ハッと身体を離して階下をうかがったものの、今さらだった。

「悪いことしちゃったな」

「またゆっくりコーヒーを飲みに店にくるからって」

「なら、いいか」

小さく笑って、再び皇貴の胸に頬を寄せる。

ふたりの足元に、音もさせず擦り寄ってきた「あんこ」を抱き上げて、その肉球をいじりながら円哉は消え入りそうな声で言葉を紡いだ。

「夜、寝ようとするとね、あのときの光景がフラッシュバックするんだ。飛び起きて、眠れなくなって、そんな夜はいつも一晩中考えてた」

あのとき、呼び出されたプレハブ小屋で待っていたのが、小関ひとりだったら？　たとえ無理やりの行為であっても、結局聞くことのなかった言葉の先を、呼び出された時点で告げられていたら？　自分はどうしただろう、と。

答えは出なかった。

今でも、答えは出ないままだ。

果たして自分は聞きたかったのだろうか。小関の口から、その言葉を。

あの当時の自分は、もしかしたらそうだったのかもしれないと分析する。でも今は、ハッキリと違うと言いきれる。なぜなら、皇貴と出会って以降、悪夢のようなフラッシュバックを、経験していないからだ。

「皇貴が、僕を救ってくれた」

こんな自分に、まっすぐな気持ちを注いでくれた。皇貴の真摯な感情を、無下にして軽くあしらって、誠意のかけらもない態度だったのに。なのに皇貴は、自分を見捨てなかった。

だが、やっと安堵の笑みを浮かべた円哉の横で、皇貴は厳しい表情のまま。

「皇貴？」

どうしたのかと言外に問われて、逃げることはできないと覚悟を決めたらしい。細い身体をぎゅっと腕に閉じ込めて、そして告白する。

「あんなやつ、一生罪悪感を背負って生きていけばいいって、思うのに、俺……、あいつの苦しみがわかってしまう自分が、嫌だ」

「皇貴……？」

「あいつはサイテーのことをした。でも、その行動の要因になった感情は、俺のなかにもあるから……」

円哉にあんな過去があると知らなかったとはいえ、自分は円哉を傷つける行動をとった。強引に抱き締めて強引に口づけて。「強引」といえば、ニュアンスがやわらぐ気がするけれど、「無理やり」だったと言われたらそれまでではないか。

結果オーライではダメなのだ。

そこに行き着く経緯こそが、恋愛なのだから。

恋に落ちたらどうすればいいのか、最初の一歩が肝心なのだ。

小関とのやり取りのあと、二階に駆け上がった円哉をすぐに追おうとしたのだが、そのとき、それまでずっと口を挟むこともせず状況を見守っていた永峯が、円哉に気づかれないように皇貴をひきとめた。そして、皇貴だけが知っていればいいからと前置きして、ひとつの告白をした。

『病院に見舞いに来た彼を追い返したのは私だ』

事件のあと、しばらくして小関は病院に見舞いに現れた。だが永峯は追い返した。永峯は現場を目撃しているのだ。親として許せるはずがない。息子に会わせるわけにはいかないと突き放し、彼の親からの謝罪も受け入れなかった。

その結果、彼はずっと苦しんできたのだろうと、しかし永峯は、同情するでもなく淡々と言った。

『そろそろ荒療治が必要だろうと思っていたところだ。しばらくはきついだろうが、君がいてくれれば大丈夫だろう』

同性間の恋愛を、親がそんな簡単に許してしまっていいのかと疑問をぶつけると、永峯は鷹揚に笑って言った。

『円哉が君を受け入れている。その事実が、私にとってはすべてだ』

あの警戒心の強いヴァナディースが皇貴に懐いたのも、円哉が心を開いているのを感じ取ったから。永峯にとっては、何よりも信頼のおける判断材料だった。

今日それを確認することができた、と満足げに頷き、さらにはウインクまで残して、永峯は背を向けたのだ。

『お邪魔虫は帰るとするよ。本当は、邪魔したい気持ちも半分くらいあるけどね』

親としては、と、最後に小さく釘を刺すことも忘れずに。

認めてもらえたと、素直に喜ぶことはできなかった。逆に、自分のしたことをまざまざと突きつけられて、己の不甲斐なさに唇を噛むはめに陥った。

「ごめん。でも好きなんだ」

ガキの戯言などでは絶対にない。

なんの甲斐性もない子どもだけれど、気持ちだけは誰にも負けない。頼りないかもしれないけれど、でも頼ってほしい。

「うんと勉強して、兄さんたち以上の獣医になる。ヴァナもあんこもぷりんもミルクも……みんな、俺が診《み》るから。今日みたいなことがあっても……っ」

本当は、悔しかった。

兄を呼び戻さなければならない、自力で解決できない、自分自身が。

まだ学生なのだからしかたない。大学を卒業して国家試験に受からなければ獣医ではない。治療を施すことができても、診療行為をするわけにはいかないのだ。

この手にあるのは、愛情だけ。

兄の恋人たちのようなステイタスもない。永峯のような大人の余裕もない。それでも好きという気持ちは溢れてくる。

「皇貴……」

そんなことない。

皇貴はまっすぐに気持ちを向けてくれた。

それを信じきれない円哉が、不必要なまでに疑って、突き放して、つれなくしたのがいけなかったのだ。

皇貴のまっすぐすぎる眼差しを、まだ正面から受け止められなくて、円哉は皇貴の腕から逃れてソファにまっすぐに腰かけ、視線を落とした。

恥ずかしいから、こんな言葉で誤魔化そうとする自分を、許してほしい。その広い懐で。

「僕は、猫が好きなんだ」

何を唐突に言いだしたのかと、隣の皇貴が目を丸くする。視線は手元に落としているけれど、円哉にはわかった。

「犬なんか、絶対に飼わないと思ってた」

犬の愛情は、円哉には重くて、対等のものを返せないから。

でも、無条件の愛を惜しみなく注いでくれる一途さは、一度知ってしまうと毒になる。

心地好くて手放せなくなって、もし失くしたらと考えたら怖くなって、自分から手を伸ばすことができなくなる。

「犬も悪くないって、思った？」

円哉の表情をうかがいながら、皇貴は確信犯的な問いを投げてくる。円哉が切り出した話のオチなど、もう見えているだろうに。

悔しいから、やっぱり意地悪く返した。

「少しだけね」

すると皇貴は円哉の膝で丸くなっていた「あんこ」を、「ごめん」とひと言断って退《ど》かすと、ソファを降り、円哉の足元に膝をついて、円哉の腰に甘えるように体重をあずけてきた。大型犬が、主人の太腿に顎を乗せて、撫でてと催促しているような仕種だ。

「少しだけ？」

下からうかがうように問われて、円哉は観念した。

この目には、勝てない。

手がかかりそうだと内心嘆息しつつも、今腕のなかにある温もりは、もはや手放せそうになかった。

「僕の理想を満たしてくれる犬なら、飼ってもいいかな」

「理想？」

どんな？　と、下から問いかけてくる眼差しには、期待の色。

「ご飯つくってくれて、年下なのに頼りになって、将来有望な獣医の卵で、浮気しなくて、僕だけ見てくれて、それから――」

さらにつづく言葉を探そうとする円哉に、皇貴が困った顔になる。

「……まだあるの？」

その表情が可愛くて、絆《ほだ》されてもしかたないと納得してしまう。

「――そんな犬なら、飼ってもいいかな」

小姑がちょっと怖いけど、でも味方につければ頼りになりそうだから上手くやるしかないか

…というのは、心のなかでだけ付け加えた。

「あともうひとつ――」

思いついたことを、この際だから言ってしまおう。

「キスとエッチが上手いと満点なんだけど」

見上げてくる黒々とした瞳を見据えて、ふふっと微笑む。恥ずかしいとは思わなかった。こ

れからふたりがずっとともにあるためには、大事なことだ。

「それなら、今すぐたしかめられるよ？」

下から掬《すく》い取るように口づけられて、瞼を閉じたのも束の間、唇は触れただけで離れてしまう。淡い音を立てたそれに物足りなさを感じて、瞬く間に肌が熱を上げはじめた。

皇貴の腕が身体にまわされて、ふわりと重力に逆らう浮遊感。

コンパスの長い足が向く先は、もちろんベッドルーム。

円哉が起き出したままの状態で放置されていたベッドは少し乱れていたけれど、それがかえってふたりを焚きつける。

やさしく横たえられた瞬間、円哉の身体は力を失って、シーツに深く沈み込んでしまった。


意識を失っていた間に皇貴が着せてくれたらしいパジャマを、再び皇貴の手で脱がされて、そのときになってはじめて、円哉は自分の身体の状態に気づいた。

薄明かりに曝された肌には無数の痕跡。

小関に乱暴されたときには、青痣しかなかった。この肌に、今は薔薇色の鬱血が無数に散っていて、欲望を押しつけられたのではなく、愛されたのだと改めて実感した。

皇貴が気に病む必要などかけらもない。はじめから、自分は皇貴の存在を受け入れていた。邪険にしながら、つれなく接しながら、それでも追い返しはしなかった。その瞳に浮かぶ純粋な感情を、愛されたいと望む本能が嗅《か》ぎ分けたのだ、きっと。彼は違う、と。

大きく開かれた両脚の狭間で、皇貴の黒髪が揺れるさまを、喜悦に犯され朦朧とした視界に映しながら、円哉は啜り啼く。

鼓膜には、厭らしい濡れた音が聞こえている。じゅぷじゅぷと、皇貴の口腔が円哉の屹立《きつりつ》を扱《しご》く音。舐め上げる音。

「あ――…、ぁ、あ…ふ」

気持ちよくて、でも苦しい。円哉を追い上げることに夢中になっている皇貴の愛撫は、執拗なのに意地悪で、あと少しというところではぐらかされてしまう。先ほどからずっとそれが繰り返されていて、円哉はもう、抵抗の言葉も発せず、肌を染め、背を震わせ、細い腰を悩ましく揺らすばかりだ。

「も…放、せ……っ、あぁっ」

皇貴の髪を摑んで解放してくれるように促したのに、聞き入れてもらえず、円哉は皇貴の口腔に放ってしまう。溢れる蜜を舐めとるようにねっとりと舌が這わされて、細い腰がビクビクと揺れた。

荒い息をつきながら、シーツにぐったりと沈み込む。

円哉の白い太腿の付け根から膝にかけて淡い愛撫を落としながら、皇貴が上体を起こす。

額に汗を浮かべた精悍な顔の中心で情欲に染まった眼差しが自分を映しているのを見て、円哉は肘《ひじ》をつき、力の抜けた身体をゆっくりと起こした。

皇貴の肩に縋りつき、自分の顔を見られないようにして、ソコに手を伸ばす。

「円哉さん？」

皇貴が身を引こうとするのを、片腕で首を抱き寄せることで阻《はば》んで、円哉は熱く滾《たぎ》ったソコをそっと握った。皇貴の身体から力が抜けたのを確認して、首から腕を外し、両手でソレを擦る。逞しい首筋にそっと唇を押し当てて、それを徐々に下へと落としていった。

「……っ!? ま、円哉さん!?」

慌てた皇貴が、円哉の肩を押したけれど、それを無視して、円哉は身を屈めた。

そそり立つ屹立に、そっと唇を寄せる。先端に触れると、ピクリと震えて、さらに逞しさを増した。

「……っ」

頭上から、低い呻きが落ちてくる。それが、皇貴の感じる吐息だと気づいて、円哉は煽られた。

円哉だって男なのだ。欲しいと思う気持ちはある。抱かれるのが嫌だとか、そういうことではなくて、対抗心とか男のプライドとか、そういう意味でもなくて、ただ、皇貴を悦《よろこ》ばせたい。それだけ。

苦い味が口腔に広がって、皇貴自身の熱さがダイレクトに伝わる。それは、皇貴が向けてくれる愛情の温度のように感じられて、円哉はより深くそれを口腔に迎え入れた。何度もえづき、苦しさに涙が滲んだけれど、どうしても最後までしたかったのだ。

「円哉さん……もう、いいから」

止めようとする皇貴の手を払って、先端に舌を絡め、吸い上げる。

「……くっ」

喉の奥で弾けたそれを、嚥下《えんか》しようとしてしきれず、唇を汚してしまう。小さく咳き込むと、皇貴は慌てた様子で円哉の背を擦った。

「円哉さん？　ごめん、俺……」

口を拭いながら首を横に降り、詫びてくれようとする言葉を遮る。恥ずかしくて顔が上げられなくて、赤く染まった頬を隠すように、再び皇貴の肩に額を寄せた。

「したか…った、んだ……下手だったたと思うけど」

過去、皇貴に触れることを許された、何人いるのかわからない女の子たちに、自分は嫉妬しているのだと気づく。比べられたくないけれど、でもされるばっかりなのも嫌だったのだ。

「円哉……っ」

ぎゅっと抱き締められて、ホッと安堵する。だが、皇貴の身体の上に引き上げられて、円哉は慌てて皇貴の胸に手をつき、身体を支えた。

背後に身体を倒した皇貴が、円哉を自分の上に乗せたのだ。隠したかった表情を、下からしっかり見上げられていることに気づいて、カァッと頬に血が昇る。

腕を摑まれているから逃げることもかなわないし、この体勢では身体を倒して皇貴の胸に擦り寄るのも憚られる。

大きな手が腰を撫で、双丘を揉み、狭間を探る。

「あ……やっ」

拓《ひら》かれたばかりのソコは、まだ熱を持っているような感覚があって、ジンジンと鈍痛を残している。だがその奥から、むず痒いようなゾクゾクするような欲情が滲み出てくるのも間違いのない事実で、円哉は顎をつき出し、背を撓らせた。

「痛い？　痛かったら……」

言いかけた口を、今度は言葉ではなく、掌で塞いだ。そして、首を横に降る。

「いいから」

上体を倒し、鼻先を突き合わせて、黒い瞳を覗き込みながら円哉は掠れた声で皇貴を煽った。

「理性なんて捨てていい」

本能のままに、自分を欲しがってほしい。

「そんなこと、言っていいの？」

皇貴が、目を眇める。その間も、不埒な手は円哉の敏感な場所をやわやわと刺激して、いつの間に忍ばせていたのか、軟膏のようなものをソコに塗り込めていた。

「あ……んっ」

ヌルリとした感触が、気持ち悪い。その一方で、探る指先に刺激された内壁は熱く戦慄き、淫らに蕩けて皇貴の指に絡みつきはじめる。

「俺、全部欲しがるよ？　円哉さんの全部、俺だけのものじゃなきゃ、我慢できなくなる。猫たちにだって、嫉妬できる自信があるんだ」

それは、お互いさまだった。

「僕も……院長先生も依月《いつき》先生も、好きだし尊敬しているけど、でも憎たらしいよ」

円哉の言葉に、皇貴は驚いた顔をする。

当然だ。円哉の声は茶化してなどいないのだから。

「僕の知らない皇貴を知ってる。ふたりには、どうしたって敵《かな》わない」

比べられる存在ではないとわかっているけれど、あれほどの兄弟仲の良さを見せつけられたら、ヤキモチだって焼きたくなる。

悔しげに唇を噛む円哉に目を細めて、皇貴は小さく笑った。

「俺も永峯さんにヤキモチ焼かされたから、おあいこだ」

「あれ…は、皇貴が勝手に誤解しただけだろう？」

「円哉さん、教えてくれなかったじゃないか。あれ、ホントに忘れてた？」

わざとじゃないのかと責められて、ムッとした円哉は皇貴の胸を押しのけるようにして身体を起こす。そのまま背を向けようとするものの、皇貴が許すわけがない。

「や……っ、あ…ぁっ」

軟膏に解《ほぐ》された場所に、硬い切っ先が埋め込まれた。逃げようとした円哉の腰を摑んでひきとめ、先端だけ埋めて、浅い場所を擦り上げてくる。

「は…ぁ、あっ！」

背を撓《たわ》め、皇貴の胸に額を擦りつけて、円哉はその神経を嬲るような刺激に耐える。少しずつ少しずつ、円哉の自重によって繋がりが深くなっていく。ズッと下から突き上げられて、ひときわ大きな嬌声を迸らせ、円哉は皇貴のすべてを己の内に包み込んだ。

「あ、あ、あぁっ！　は……っ」

最奥まで届いた、次の瞬間には、下から激しい突き上げが襲って、円哉は背を撓らせた。後ろに倒れそうになる身体を、皇貴が支えてくれる。

突き上げに合わせるように細い腰を揺らし、掠れた喘ぎに白い喉を震わせる。

髪を振り乱し、全身を朱に染めて身悶えるそのさまはひどく淫らで、皇貴は低く呻いて、先の円哉の言葉に、吐き捨てるように返した。

「理性なんて、とっくの昔に焼き切れてるよ」

強かな大人の顔をしてみせたすぐあとに、他愛もないことで頬を染めてもみせる。臆病で繊細で、でも気紛れな猫のように、くるくると表情を変える。それが自分の前でだけだとわかったら、もはや抜け出せなくて当然だ。

「皇…貴、皇貴……っ」

少しでも距離を埋めたくて、皇貴の身体の上に上体を倒す。

貪るように口づけ合って、がむしゃらに腰を揺すった。円哉の腰を抱えた皇貴が、スプリングの反動を利用して、身体を起こす。対面で抱き合う恰好で円哉を腕に囲い込み、求めれば求めただけ、口づけを返してくれた。

「円哉……っ」

耳朶に、切羽詰まった声が落とされる。

円哉の一番深い場所で、灼熱の塊が硬度を増す。

「あ…ぁっ、あ——……っ！」

思考が、白く霞んだ。

仰け反らせた喉に、嚙みつくような口づけが降らされる。それに引きずられるように快感が弾けて、熱い飛沫がふたりの腹を汚した。

と同時に、円哉の一番深い場所で、皇貴の欲望が弾ける。残滓まで搾《しぼ》り取ろうとするように、敏感になった内壁が収縮して、円哉は淫らすぎる己の肉体の反応に畏怖と羞恥の入り混じった涙を流した。

「は…ぁ、あ……」

力を失くした円哉を抱いて、皇貴は再び背中からシーツに倒れ込む。皇貴の広い胸に抱き込まれた恰好で、円哉は呼吸が落ち着くのを待つ。その間も、じゃれつくような淡いキスが絶え間なく与えられて、冷えていくはずの体温が、再び上昇しはじめるのを感じた。

「皇…貴、まだ、ダメ…だ」

繋がった場所で、皇貴が欲望を滾らせるのをダイレクトに感じ取る。理性など捨てていいとは言ったけれど、でも少しくらい休ませてほしい。

「犬っていうのは、命令に絶対服従なんじゃないのか？」

嫌なわけじゃないけれど、恥ずかしくてつい揶揄の言葉を口にしてしまう。すると皇貴はニヤリと笑って、体勢を入れ替え、円哉をシーツに押さえ込んできた。

「所詮獣だからね」

年齢に似合わない不敵な笑みで返される。

それにドキリとさせられて、円哉はしょうがないかと降参した。でも認めたくないから、やっぱり意地悪い言葉で返してしまう。

「躾け直しだな。コマンドを聞かない犬なんて飼えないよ」

嫌味たっぷりに言ったつもりだったのに、

「円哉さん好みに躾け直してよ。望むままの男になってみせるから」

自信満々に返されて、呆気にとられた円哉は、ややあってクスリと小さな笑みを零した。

「いいね、それ」

躾け直したところで、ベッドの上で言うことを聞くようになるとは思えないけれど、でも皇貴がそう言ってくれたことそのものが、嬉しい。

「僕も、八方美人は卒業しなくちゃな」

人間関係で躓《つまず》くことがあっても、次からはきっと、自力で立ち上がってそれを乗り越えていける。

そう思えるのもすべて、皇貴が想ってくれるから。凍った心を溶かしてくれた、熱い感情がこの手のなかにあるから。

「愛してる」

肘で身体を支えて上体を上げ、逞しい首に片腕をまわして引き寄せ、そっと唇を寄せる。

それをOKサインと受け取って、皇貴はゆるりと腰を蠢《うごめ》かす。

濡れた音がして、円哉は繋がった場所で皇貴の熱さをたしかめる。

若さゆえの欲望の際限のなさに音《ね》をあげた円哉が、「やっぱり飼わない！　犬なんか嫌いだ！」と叫ぶことになるのは、この数時間あとのこと。

エピローグ

二階から降りてきた円哉《まどか》の表情を見て、皇貴《こうき》が苦笑する。

「やっぱり、まだダメなんですか？」

「ソファの裏に隠れちゃって、出てこないよ」

「やっぱり女の子なんですね。恥ずかしいんですよ」

「もうっ、手がかかるったら」

そもそも永峯《ながみね》が甘やかして育てるから、こういうことになるのだと嘆息して、円哉はカウンターに入る。

ふたりの会話の中心にいるのはヴァナだ。

あの翌日、ヴァナディースは退院して店に戻ってきたものの、火傷の痛さ以上に、気位の高い女王様気質な彼女には我慢ならない問題があった。今現在の自分の姿だ。

治療のために、患部の毛を刈ってしまったし、傷口を舐めたりしないようにとエリザベスカラーをつけられている。もう少しして新しい毛が生え揃ってくればそれはとれるだろうが、あの豪奢な毛並みに戻るまでには、少し時間がかかるだろう。

その姿を、赤の他人に見られたくないというのならわかるのだが、皇貴どころか自分にまでなかなか姿を見せてくれないというのはどういうことだ。

別れ際、顔を見に来た永峯の腕には抱かれたくせに。その永峯は、ヴァナの退院後数日して、仕事のため帰国した。彼は民俗学者だが専門は北欧神話で、興味の赴くまま、今はノルウェーの大学で教鞭をとっているのだ。

「ヴァナにとって永峯さんはお父さんなんだ。円哉さんと俺は、ちゃんと男《オス》として認識してもらえてるってことだね」

ヴァナの行動をそんなふうに分析して、皇貴が笑う。

「笑いごとじゃないよ。病院に連れて行くのだって大変なんだから」

「だから手伝いに来てるだろ？」

今日は、店は定休日。皇貴の講義は午後一《イチ》までで、早々に帰宅した皇貴は、病院の手伝いを免除してもらい、ここにいる。

円哉自身は、午前中は寝て過ごした。翌日が定休日だからと昨夜少々無茶をされて、起きられなかったのだ。

その反省もあって、帰宅してからの二時間ほど、皇貴は円哉のかわりに掃除をして猫たちの世話をして、休みのうちにしておかなければならない店の仕込みの手伝いをして、そして今、円哉のために食事の用意をしている。

「今、君がここでこうしているのは〝昨夜のぶん〟でしょ？　反省してないな？」

「してるって」

「嘘」

大人ぶって理性的であろうとする必要はないとは言ったけれど、本能のまま行動していいなんて、誰も言ってない。

「円哉さん」

皇貴が円哉の機嫌をうかがうように声をかけてくる。それを無視して、円哉は欠伸しながら擦り寄ってきたキジトラの「ザラメ」を抱き、二階に上がってしまう。

午後のこの時間帯は、猫たちも昼寝タイムで店内は静かだ。猫たちは店と二階のリビングには出入り自由だから、二階のソファの上では、「サブレ」と「シフォン」が丸くなっていた。相変わらず、ヴァナが猫部屋から出てくる様子はない。

一階から鍋とフライパンを手に上がってきた皇貴が、ダイニングテーブルではなく、ソファテーブルにセッティングをはじめる。円哉の身体がつらいのを慮《おもんぱか》ってのことだろう。キッチンは、二階にプライベート用のものがあるのだが、店の厨房のほうが火力が強いから、皇貴は店のほうを好んで使うのだ。

今日のメニューは中華粥《がゆ》と温野菜のサラダ、ふわふわ卵の中華オムレツ。具だくさんの丸いオムレツに銀餡《ぎんあん》がかかっている。デザートは、円哉の指南《しなん》で皇貴が焼いた濃厚プリンと抹茶大《まっちゃだい》納言《なごん》シフォンケーキ。店で出すための試作品だ。

出汁のきいた中華粥を口にして、円哉の表情がゆるむのを確認したのだろう、皇貴が隣から腰を抱き寄せてくる。抗わず好きにさせながら、円哉はまだだるい身体を皇貴の胸にあずけ、今日はじめての食事に舌鼓を打った。

「そうだ、これ。店に貼らしてもらってもいいかな」

絶賛の出来のプリンをふたつペロリと平らげたあと、「あ」と思い出した皇貴がバッグから取り出したのは、院長からか次兄からか、頼まれたものだろう、手づくりの貼り紙だった。

「仔犬もらってください？」

「病院の前に捨てられてたんだ。病院の掲示板にも貼ったんだけど、少しでも目についたほうがいいかと思ってさ」

「うちはキャットカフェだよ？」

「どっちも好きな人だって多いだろ？」

「いいよ。目立つとこって……やっぱレジ横かな」

こういうことのための掲示板をつくってもいいかもしれない。コルクボードに、お知らせとかちょっとした交流とか。お客さんにも開放して。

「でもこの仔犬たち、毛並みよさそうじゃない？　こんな仔も捨てる人がいるんだ」

「みたいだね。ダックスがかかってるんじゃないかって、しぃちゃ……院長先生が言ってた」

長兄を、幼いころからの呼び名で呼びかけて、皇貴が言い直す。依月《いつき》が言っていた。皇貴が兄たちを幼いころのままの呼び名で呼ぶときは、周囲の人間全員に気を許しているときだと。

でも、ガキっぽいと言われるのが嫌なのだろう、円哉の前では、うっかり口にしてしまって言い直すことが多い。そんな自分に、皇貴自身は気づいているのかいないのか。

貼り紙に印刷された写真には、茶色い仔犬が三匹写っていた。

「へ…ぇ、いいな、うちも飼おうかな。でもどうせ飼うなら大型犬のほうが番犬になっていいかな」

「……え？　円哉さん、犬ダメなんじゃ……」

思いがけない言葉だったのだろう、皇貴が目を丸くする。その表情がおかしくて、円哉は小さく笑ってつづけた。

「もともと僕は、犬も猫も好きだよ。犬はちゃんと手をかけてあげられる自信がないから敬遠してるだけ」

「……犬なんか嫌いだって言った」

「そうだっけ？」

「じゃあ、ボスは？」

あんな態度だったのに。

「だって、猫に無視されてもなんとも思わないけど、犬は普通無視しないだろ？　撫でたかったのに、あいつ顔逸らしたんだ」

そんな勝手な……。

そりゃまぁ、猫は気紛れな存在だとはじめから誰もが認識しているから、呼びかけを無視されても、それが猫という生き物だからと思うだろう。でも犬は……犬にだって固体差があるし、機嫌の悪い日だってあると思うのだが……。

円哉の返答にますます目を丸くした皇貴は、次に肩を落としてため息をついた。

「……っんとに、ワガママな猫気質なんだから」

隣からボソッと呟きが聞こえて、

「何か言った？」

眇めた眼差しで突っ込むと、

「ヒトリゴトデス」

子どもっぽい返答。

最近になって皇貴は、こうしたやりとりのあと、以前は見せなかった表情を見せるようになった。たぶんきっと、ふたりの兄にも見せない、それまで躾けられた好青年の顔の下に隠していた年齢相応の素の表情だ。それが、円哉には嬉しくてならない。

「皇貴」

ムスッとした顔を覗き込み、甘い声で呼ぶ。顔を向けるタイミングを計って、しかけた。

「なに……、……っ!?」

頬で、チュッと可愛らしい音。それから、首に腕をまわして、唇にも。突然のことに驚いた皇貴は、無抵抗でそれを受け入れる。

年上の恋人にこんな表情を見せられて、若い情熱に抑えがきくはずがない。わかっていてやっている自分は、悪い男だろうか。

「そういうことするから墓穴掘るんだよ」

グッタリとため息をついて、皇貴は抱き寄せる腕に力を込めてくる。勢いよくソファに倒されて、今度は円哉が目を丸くした。

慌てて上体を起こし、皇貴の肩を押す。その手を拘束されて、円哉は逃げ場を失った。こうなったらもう、円哉に抗う術《すべ》はない。

「待てって言っても……」

「無理」

即答。

「やっぱり躾け直しだ」

でも円哉にはわかっていた。これまで猫しか飼ったことのない自分に、犬の躾など無理であることが。

「ごはん、美味しかったよね？」

「ご褒美が欲しいってこと？」

クスッと笑みが零れてしまった。唇を淡く啄ばまれて、身体の力が抜けてしまう。

「ん……も、おっ」

ズルズルとソファに沈み込むと、上から大きな身体がのしかかってくる。この重みが心地好いのだから、そもそも抵抗などかなうわけがないのだ。

それでも、円哉の身体を気遣ってか、性急には求めてこない。首筋に鼻先を埋め、甘えるようにぎゅっと抱き締めてくる。その頭を抱き、つむじに淡いキスを落とすと、お返しだとばかり首筋を啄ばまれた。

くすぐったくてたまらない。本当に大きな犬にじゃれつかれている気分になってくる。

でもその奥に、官能が隠れていることも知っている。甘いなと思いつつ、円哉は広い背を抱き返す。すると、円哉を抱き締める皇貴の腕にも力が加わった。

顔を上げた皇貴が、唇を寄せてくる。自然に瞼を閉じようとしていた円哉だったが、ふいに第三者の視線を感じてハッと目を開けた。

慌てて皇貴の顔を押しのける。

「痛てっ」

不服げな悲鳴が聞こえたが、この際無視だ。

「みゃっ」

色を変えはじめていた空気を破ったのは、呑気《のんき》な鳴き声。

やっと猫部屋のソファの陰から出てきたヴァナディースが、ソファの背からふたりを見下ろしていた。何してるの？　と問いたげな顔で。

エリザベスカラーをつけたその姿に、つい「ぷっ」と噴き出してしまって、せっかくの濃密な雰囲気が台無しになる。訝った皇貴が顔を上げて、円哉の視線を辿り、五センチの距離でヴァナと目が合った。

皇貴は噴き出したりはしなかった。だがその口許は、たしかに微妙な歪みを見せていた。

ヴァナの大きな瞳が、半眼になる。

笑われたと気づいたのだ。

「ヴァナ！」

「ちょ……待……っ！」

皇貴が、抜群の反射神経でヴァナを抱きとめる。そのヴァナを円哉が引き取って、小さな頭にキスをした。ごめんねと詫びると、ヴァナはやっとおとなしくなる。

それから小一時間あまり、ともすればまた部屋に閉じこもってしまおうとするヴァナを、ふたりは必死に宥めることになってしまった。大切な家族なのだ、躯の傷はもちろん心のケアもしなくては。

起き出してきた猫たちの鳴き声。夕飯の時間だ。

それに気づいた皇貴が、円哉の唇にキスを落として、苦笑とともに腰を上げる。二階にいた猫たちが、皇貴について店へ下りていく。

そうだった。〝昨夜のぶん〟の反省は、まだつづいているのだ。この程度で流されそうになってどうする。

甘えられると弱い自分を自覚しつつも、「待て」だけは躾ける必要があるなと、やっと緊張を解いてくれたヴァナの背を撫でながら、円哉は階下の様子を気配でうかがう。

猫たちの甘える声とそれに返す皇貴の甘いバリトンが、耳障りのいいＢＧＭのように、円哉の鼓膜を震わせた。

ブラザーズ

SIDE：ITSUKI

《はるなペットクリニック》は、もともとは現院長の実父が開いた動物病院で、その先代の急逝により、当時獣医学部を卒業して国家試験に受かり獣医として働きはじめたばかりだった現院長——榛名《はるな》三兄弟の長兄・静己《しずき》がそのあとを継いだ。

次男の依月《いつき》は当時まだ学生だったが、父と兄の背を見て育った依月には獣医になるのがあたりまえの選択で、当然のように獣医学部に進み、この春獣医になった。同時に、三男の皇貴《こうき》も獣医学部に合格し、六年後には兄弟揃って病院に立つことができそうだ。

犬猫からエキゾチックアニマルまで、なんでもござれの凄腕獣医と評判の院長のおかげで、病院の経営もとりあえず順調。特別儲かっているというわけではないが、歯車のひとつにならざるを得ない大学病院や大病院に勤めるのとは違い、自分たちが理想とする動物医療を追求し実践することができるなら、それでいいと兄弟は考えている。

兄の元で獣医として働きはじめたばかりのころは、戸惑ったり失敗したり、その失敗を乗り越えられず苦しんだりもしたけれど、今は毎日が充実している。

ここのところ一番の心配の種だったボスの件もひとまず解決したし、仕事にも慣れてきた。気になる症状を抱えた患者も多く、気の休まる暇などないけれど、そんな自分を包み込んでくれる人がいるから、がんばれている。

だが、実は今、依月はひとつ、大きな悩みを抱えている。

広い懐で依月を包み込んでくれる、大人な恋人のことだ。

WAC《ワック》という、この業界で働く人間なら知らない者はいないだろうペット産業最大手企業の社長職にある恋人――鷲崎《わしざき》は、依月よりずっと大人でステイタスもあってやさしくて、ヤクザに間違われそうな強面《こわもて》のくせして捨て猫や捨て犬をほうっておけず拾ってきてしまうような、意外と可愛いところのある人だ。

わざわざ会う約束を交わすことは少ない。そんなことをしなくても、依月の仕事が終わる時間を見計らって鷲崎が誘いに来てくれる。たとえ一時間二時間であっても、食事をとる時間しか割けなくても、鷲崎は一緒に過ごす時間をつくってくれる。

社長職にある鷲崎は常に多忙で、依月も休診日だからといってかならずしも休めるとは限らない仕事だから、休みが合わないことも多い。そういうときは、依月の顔を見るためだけに病院に寄ってくれたりもする。可愛らしい花を携えて。

恥ずかしいくらいにラヴラヴで、幸せなのだけれど、悩んでいるというか困っているというかどうしたらいいのかわからないというか……。

病院のドアに「診察終了」のプレートを出して、十五分ほど経ったろうか、外から聞きなれた車のエンジン音が届いて、駐車場に滑り込んできた車のヘッドライトが院内に差し込んでくる。

「お迎えかな」

駐車場に入ってきたのが鷺崎の車であることを真っ先に指摘したのは、診療時間内からここにいて、何かと細々とした手伝いを買って出てくれていた鳳《おおとり》――兄の大学時代からの友人だった。

「忙しいのにマメだね、鷺崎さん」

揶揄われて、気恥ずかしさに頬が赤らむ。

「そういう鳳さんこそ」

元ホストという肩書きを持つ鳳は、今は飲食店を何軒も経営する青年実業家で、彼こそ多忙なはずなのに、鷺崎以上に頻繁に病院に顔を出す。顔を出すだけでなく、ときには受付に立っていたりもする。実際助かってはいるのだが、本当に大丈夫なのだろうかと、余計なこととは思いながらもやはり心配だ。

「俺はいいの。道楽社長だからさ。WACとはそもそも規模が違うしね」

その言葉を聞いて、美麗な眉をピクリと跳ね上げたのは、長兄の静己だった。

「おまえがそんなだから、社員が苦労してるんだろうが」

簡単に勃発する口論は、ふたりにとってはコミュニケーション手段のひとつのようで、止めても無駄なのは依月もわかっている。だから口は挟まない。

ヒートアップしかけた口論に水を差したのは、通用口のドアをノックする音だった。

「お邪魔します」

ドアを開けたのは鷲崎。その姿を見とめた途端、兄の眉間に刻まれる深い皺。それを見て、依月はひっそりと嘆息した。兄は、ふたりの付き合いは認めてくれてはいるものの、鷲崎のことは気に入らないようで、鷲崎がこうして依月を迎えに来るたび、いい顔をしないのだ。

ふたりのはじめては、無理やりで、静己はそれを知っているから、鷲崎というひとりの男を信用してはいても、それでも蟠《わだかま》りが拭えない、ということなのかもしれない。本人が気にしていてもいなくても関係ない。それは、保護者としての静己の価値観の問題なのだから。

オロオロしていると、鳳が気を利かせてくれる。

「行ってらっしゃい。今晩は俺がいるから、帰ってくるのは明日の夕方でいいよ」

明日は休診日。もし急患などがあっても、自分が静己の手伝いをするから戻ってこなくて平気だと揶揄う鳳の言葉を聞き咎めた静己が、ため息つきつつ冷ややかな声で鳳を制した。

「おまえは獣医でもＡ　Ｈ　Ｔ《アニマル・ヘルス・テクニシャン》でもないんだぞ」

「別に資格がなけりゃできない仕事じゃないだろ？　動物看護士は」

「そういいかげんな……っ」

憤《いきどお》る静己を無視して、鳳は鷲崎に顔を向ける。そして、いつもの光景を微笑ましそうに――強面なので一見してそうは見えないのだが――見守っていた鷲崎に、少々大袈裟に困った表情で肩を竦めてみせた。

「意地っ張りなやつですみません。悪気はないんですよ」

「……っ!? 鳳!!」

勝手なことをほざくなと、兄が鳳の言葉を遮る。けれど、今さらだ。

「わかってますよ。――依月さんをお連れしてよろしいですか？ 院長先生」

小姑の不機嫌顔など何処《どこ》吹く風。鷹揚に微笑む、鷲崎のその余裕の表情すら静己には気に食わないのだと、依月には思い至ることができない。だからいつもいつも、ハラハラしてしまうのだ。

「お好きにどうぞ。明日中には帰してください。睡眠不足でフラついていては、診療行為はできませんからね」

つまり、翌日の仕事に響かない程度の時間に帰ってくるように、という娘の門限に煩い父親さながらのセリフに依月は神妙な顔で頷いたが、鷲崎は口許に小さな苦笑を浮かべただけだった。

慌てて着替えて、鷲崎の手を取った依月の背に、兄の声がかかる。ビクリと振り返った依月だったのだが、兄の口から紡がれたのは、思いがけない言葉だった。

「ゆっくりしておいで」

ムスッと吐き捨てる。兄の横顔が、心なしか赤いような……。

隣の鳳が、気障な仕種でウインクする。その顔を見て、依月は安堵の笑みを浮かべた。兄の傍には鳳がいる。だから、気に病む必要はないのだと。

「いってきます！　皇貴はお向かいに出かけたみたいですから、鳳さんもごゆっくり」

やられっぱなしは悔しいから、たまにはと思って言ったのだが、

「余計なこと言わなくていいんだよ、依月！」

三つ子の魂なんとやら。親代わりでもある長兄の一瞥に、依月は冷や汗を垂らして、即座に鷲崎の胸に逃げ込むことになってしまった。


鷲崎に連れられて、鷲崎の選んだ店で食事をして、それから鷲崎のマンションに向かう。某高級住宅地に本宅を持つ鷲崎だが、仕事が忙しくてなかなか帰れないために、セカンドハウスとして会社の近くに部屋を持っているのだ。だが最近では、こちらのほうが本宅のような状況。鷲崎が忙しいのはもちろんだが、依月のほうもここからなら急患があって呼び出されても比較的短時間で病院に戻ることができるから、ふたりで会うときはいつもこの部屋を使っているの

だ。

「みゃ～あ」

リビングに上がるなり、ひょこひょこと後ろ肢を引きずりながら依月に擦り寄ってきたのは、三毛猫のミケ。鷲崎のマンションで暮らす動物たちのなかで、一番最近家族になった子だ。ふたりのキューピッドでもある。

まだほんの仔猫のころ、鷲崎の車の前にミケが飛び出してきて、そのとき怪我をしたミケを抱えた鷲崎がたまたま飛び込んできたのが、《はるなペットクリニック》だったのだ。その事故の後遺症で後ろ肢を引きずってはいるものの、不自由な肢などものともせずミケは依月の足をよじ登ろうとしはじめた。

「こんばんは、ミケ。二週間ぶりになっちゃったね。元気にしてた？」

腕に抱き上げ撫でてやると、ゴロゴロと喉を鳴らす。

ここのところ、休みのたびに急患が入ったりして、なかなかゆっくり過ごす時間がとれなかったのだ。鷲崎とは会っていたけれど、マンションに上がるのは久しぶりになってしまった。

「依月が来ないから、皆寂しがっていたよ」

皆、というのは、このマンションで飼われている動物たちのこと。犬が三匹に猫が十五匹、ウサギが三羽にフェレットが二匹、さらに陸ガメとグリーンイグアナが一頭ずつという大所帯だ。

猫十五匹のうちの一匹がミケで、五匹は《はるなペットクリニック》の前に捨てられていた仔猫を鷲崎が引き取ってくれた。軀は大きくなったものの、まだ仔猫だから悪戯盛り。みんな元気だ。

彼らのために設《しつら》えられた広い部屋に入って、ひとしきりの歓迎を受けたあと、依月は鷲崎によって引きずられるように部屋を連れ出され、ベッドルームかバスルームに連れ込まれるのがいつものコース。今日はベッドルームだった。

依月はもっともっと動物たちと触れ合いたいのだが、鷲崎が許してくれない。こうして過ごせる時間は決して多くはないのだからと、腕のなかから出してもらえないのだ。

ベッドにそっと横たえられて、上から鷲崎が覆いかぶさってくる。依月だって、触れ合うのが嫌なわけではないから、抗うことなく男の首にするりと腕を伸ばした。

いつもなら、このまま酩酊を誘う口づけに蕩かされて、ボーッとしているうちに一糸まとわぬ姿にされて、瞬く間に男の愛撫に甘い声を上げる結果となるのだが、しかし今日は、少し違っていた。

依月の腰を支えた鷲崎は、そのまま身体を反転させて、自分がベッドに寝そべる体勢をとる。依月は男の胸に引きずり上げられて、男の腰を跨《また》いだ恰好で、広い胸に抱き締められた。

「天《たか》…胤《つぐ》？」

温かな胸に抱き締められて、ホウッと安堵の吐息が零れる。そんな依月の髪を撫で、背を擦って、それから鷲崎はふっと目を細めた。

「ボスが引き取られて、寂しいかい？」

思いがけない言葉に、依月はゆるゆると目を瞠る。そして、くしゃっと顔を歪めて、鷲崎の胸に頬を埋めた。

ボスの面倒は、ずっと依月が見ていた。飼い主を失い、新たな飼い主には見放され、人間不信に陥って不貞腐《ふてくさ》れてしまった老犬。でも依月はいつかかならず心が通じると信じて、ずっと世話をしてきたのだ。

いざとなったら、引き取ってもいいとも思っていた。でも兄には反対されていた。そんなことを繰り返していたら、病院にとってよくないからと。

ボスのこれからを案じていたのは兄も同じ。けれど院長の肩書きを持つ兄には、依月のように感情だけで行動することは許されなくて、いつも悪役を買って出てくれる。そんな兄が頼もしくもあり、また羨ましくもあり……。

「もうしばらく様子を見て、どうにもならないようだったら、法的な手段をとって私が引き取ってもいいかと思っていたんだが……でも、よかったね」

「天胤……」

やさしい言葉に、涙腺がゆるむ。オーナーの前ではもちろん、兄の前でも泣けなかった。ボスは幸せになったのだから、こんな涙など流してはいけないとそう思って……。

「……ごめんなさい」

「どうして謝るんだい？　私は病院の関係者じゃない。だから、私の前では、何を言ってもいいんだよ？　どんな愚痴も、どんな涙も、ね」

そういって、頬に零れた涙をキスで拭ってくれる。

「ありがとう。でも平気。僕の患者はボスだけじゃないから、泣いてられない」

涙を拭って、ニコリと微笑む。

「それに、天胤もいてくれるし」

慣れない言葉を口にして、ついつい語尾が掠れてしまう。恥ずかしくて、顔が真っ赤になっていることがわかって、依月は鷺崎の胸に額を寄せ、顔を隠した。

依月のいじらしい表情に、鷺崎の身体が熱を溜めはじめる。依月も、それは同じだった。なにせ二週間ぶりなのだ。

鷺崎の大きな手が依月の腰を撫ではじめる。胸の上にのせられた恰好のまま、着ているものを一枚一枚脱がされて、男の手が素肌を這いはじめる。快感に潤みはじめた依月の表情に目を細めて、男はここのところ会えばかならず口にする言葉を、今日も舌にのせた。

「毎日でもこうしてたいところだが……」

それは、一緒に暮らさないかという誘い。

「それ…は……」

快感に潤んだ瞳に困惑を滲ませ、依月が長い睫を揺らす。

「こっちはまだ、〝ごめんなさい〟なのかな?」

「だって……」

兄になんと言ったらいいかわからないし、それに鷲崎にとことん甘えてしまいそうで怖くて、首を縦《たて》に振る勇気が出ない。

「たとえ寝顔しか見られなくても、依月を抱き締めて眠れたら、それだけでがんばれると思ったんだが……ちょっと急ぎすぎたかな」

「……ごめんなさい。僕は今のままで充分幸せだから……」

幸せすぎて、これ以上を望んだら罰が当たるのではないかと思ってしまうほど。

「そんな可愛いことを言って。私が静己くんとの約束を破るはめになったらどう責任をとってくれる?」

口許に揶揄を浮かべた男が、依月の首筋を啄ばむ。その、意図を持った愛撫に、依月は肌を粟立たせ、細腰を揺らした。

「そんな……、や…ぁ、んっ」

そんな依月の耳朶に落とされる、屁理屈でしかない言葉。

「〝夕方〟って、何時だと思う?」

「……え?」

「明日中ってことは、十一時五十九分でもいいってことかな?」

「夕方でいいよ」「明日中に」と言われたけれど、時間の正確な定義とは果たして?

「天胤……」

思わず、呆れを滲ませたため息をついてしまった。そんなことを真顔で聞いてくるずいぶんと年上の男が、依月は愛しくてたまらない。

「もう少しだけ、待っててもらえる?」

もう少し……せめて獣医としてひとり立ちできるくらいの実績と経験を積めるまで。でなければ、WACの社長という肩書きを持つ鷲崎の隣に、堂々と並ぶことはできないと思うから。

「静己くんはいい教育をしすぎているね。頭が下がるよ」

今度は鷲崎が苦笑を零す番だった。甘えを許せない気質は、榛名家の血なのかはたまた親代わりでもある長兄の教育の賜物なのか。

依月の意志を受け入れて、鷲崎は「しょうがない」と零したが、その表情は穏やかだ。

「可愛げない…かな?」

「まさか。これ以上可愛くなられても困る。私の理性がもたない」

囁きは耳朶に落とされて、依月はトロンと瞼を伏せた。

SIDE：SHIZUKI

依月《いつき》を見送ったあと、二階に上がり、リビングで少し遅めの夕食をとる。

常に様子を見ていなくてはならない入院患者もなく、明日の休診日は久しぶりにゆっくり過ごせそうだ。もちろん、急患がなければ、の話だが。

静己《しずき》がシャワーを浴びている間に鳳《おおとり》がダイニングテーブルではなく、ソファセットのローテーブルに用意したのは、胃に負担の少ない和食メニュー。具だくさんの味噌汁――けんちん汁の味噌味版のような感じだ――に飛龍頭《ひりょうず》と青菜の炊き合わせ、浅漬け、香ばしく焼けた焼きおにぎりは、ワサビを載せてお茶漬けにしても美味いに違いない。

「美味そうだな」

「美味そう、じゃなくて美味いんだよ」

言われなくてもわかっている。飛龍頭ははじめて見るが、そのほかのメニューはすでに口にしたことのあるものばかりだ。静己はそんなことを言った覚えはないのだが、これまでに鳳が出してきた料理のなかでも、特に静己のお気に入りのメニューばかりが並んでいる。本当にマメな男だ。

キャリーから出してもらってリビングのソファで丸くなっていたアビィを抱き上げて、かわりに自分が腰を下ろす。テーブルには、アビィ用のフルーツもちゃんと用意されている。

アビィはフェネックという砂漠に住むキツネの一種で、オーナーは鳳だ。同じ大学に通い、互いの存在を知りつつも接点のなかったふたりが、言葉を交わすきっかけとなったのがアビィで、ふたりにとってはかけがえのない存在だ。それは、ふたりの関係が親友から恋人に変化した今も変わらない。

これまではアビィの定期健診もかねて静己が鳳のマンションに出向いていたのだが、最近は鳳がアビィを連れてやってくることが多くなった。仕事で長時間マンションに戻れない日には、静己にあずけていくこともある。人間に換算すればかなりの老齢となるアビィの体調に気を配るためだ。

プラス、依月が鷲崎《わしざき》と出かけ、皇貴《こうき》が斜向かいのキャットカフェに出向いてしまうと、静己がひとりになる。病院を留守にするわけにはいかないから、必然的に鳳のほうが出向かざるを得なくなったという事情もあった。

「アビィ？　リンゴか？　巨峰もあるぞ」

薄茶色の小さな頭を撫でてやると、三角形の大きな耳を後ろに畳んで目を細める。なんとも愛らしい姿だ。ふさふさの尻尾が揺れている。

「おまえも冷めないうちに食えよ」

膝でアビィに好物のリンゴをやりながら、自分も料理に口をつける。静己のすぐ隣に腰を下ろした鳳はというと、珍しくビールを呷《あお》っていた。いつもは、ホスト時代の名残なのか、馬鹿高いシャンパンやワインなどといった洒落た酒しか呑まないくせに。まぁ、ビールとはいっても、あまり見かけないデザインの輸入ものだが。

「勝手に冷蔵庫のなかみ増やすなよ」

「いいだろ。どうせ俺が使うんだから」

「皇貴が怒る」

「ちゃんと断って使ってるさ。それに、いいかげん解放してやるんじゃなかったのか？」

「……」

今ひとつ生活力の欠如した兄ふたりの面倒をずっとみてきた末弟を、そろそろ解放してやりたいと考えはじめたのは、少し前のこと。大学生になったのだし、自分たちの世話などほうっておいてもっと遊べばいいと何度か言ったのだが聞き流され、依月とふたりで話した結果、できるだけ皇貴の負担を減らすように努力することにしたのだ。

タイミングよく、皇貴は斜向かいにできたキャットカフェのオーナーを気に入ったらしく、家を空けることが多くなった。ちょうどいいと思ったのだが……。

「自分で言いだしといてムッとしてりゃ世話ないぞ」

鳳に突っ込まれて、静己はムスッと口を歪め、男の手からビールを奪うと、残りを一気に呷った。

「静己」

窘められて、

「……煩いな。別にムッとなんかしてない」

空になったビール瓶を、男に突き返した。

「弟たちが親離れして寂しいからって拗《す》ねるなよ。俺がいるだろ？」

「いらない」

即答すると、大袈裟にため息をついてみせる。

「――ったく、しょうがないな」

髪を掻き上げつつ、苦笑する。そんな表情は、さすがはカリスマと呼ばれた元ナンバーワンホストなだけあって、毒々しいほどに魅惑的だ。だが静己には通じない。静己にとって、男のそんな表情は長年の友人としてのものではないからだ。

関係が変わったのはつい最近。

以前なら、ここまで自分の世話を焼くことを、受け入れたりはしなかった。

「嫌ならこなくていい」

こんなナリをしていても仮にも社長だ。暇なはずはないのに、鳳は毎日のように病院に顔を出し、あれこれ世話を焼く。そのうち本当に秘書から苦情がくるのではないかと、静己は半ば本気で心配しているのだが、男はとりあわずいつも軽く受け流してしまう。

「心配しなくても、仕事ならちゃんとやってる。予算もクリアしてるし、業績も上がってるぞ」

突き放した静己の言葉の裏にあるものを、男は実に正しく読み取ってくれる。それが頼もしくて、でも腹立たしい。

「……心配なんてしてない」

内心とは逆の言葉をつい口にしてしまうのは、まだこの甘ったるい関係に慣れないからだ。とくにこの家では……鳳のマンションでなら、まだもう少しマシな態度をとれるのだが、ここには生活の匂いが染みつきすぎていて、どうしても落ち着かないのだ。

「ホント、どっちがブラコンなんだか」

「……なんか言ったか？」

「いーえ、なんにも」

静己に食後のコーヒーを淹れ、自分はブランデー。車で来たくせに……と思うものの、帰す気もない自分にも、静己は気づいている。以前なら、何時になったところでつれなく追い返していたところだ。

リンゴと巨峰を堪能して、アビィは静己の膝の上、丸くなって大欠伸。そんなアビィの頭を一撫でして、鳳はその手を静己の頰へ滑らせた。指が長くて綺麗な手。男の色っぽさを際立たせるアイテムのひとつだ。

その手が、首筋を撫でて、素早く静己の襟元を乱した。

「……っ!? 鳳……っ」

「ちゃんとつけてるくせに。素直じゃないな」

静己の首にかかる細いチェーンには、ペンダントトップのかわりに一本のリング。鳳から贈られた、本来は左の薬指にはめるべき品だ。

「皇貴はともかく、依月ちゃんはそろそろ家を出たいと言いだすころだろ？ いいかげんにしてやらないと……」

「出てけばいいだろ。皇貴だって、《Le Chat《ル・シャ》》に住まわせてもらえばいいんだ」

弟たちを思いすぎて、ついきつい態度をとってしまう。そんな静己を、誰より一番理解しているのは鳳だ。

「そう思ってるんなら、笑顔で言ってやれ。現代っ子の皇貴はともかく、依月ちゃんは気にしてる」

窘められて、今度はムッと唇を歪めながらも頷いた。

「……わかってる」

わかっていても、できることとできないことがあるのだ。

鎖骨を撫でる鳳の手を払って、静己はコーヒーカップに手を伸ばす。しかし、その手は途中で止められて、男の手に握り込まれた。

「鳳！　アビィが……」

膝の上のアビィを気にする静己の口を閉じさせる意図で、唇が重ねられる。

「……んっ」

喉が甘く鳴って、抗う間もなく深く合わされた。

アビィを落とさないように手を添えているから、男の肩を押しやることもできない。なんとか片腕で、自分の顎を捕らえる男の腕に縋るものの、そんな他愛ない抵抗では男を止めることなどできない。

「ん…ぁ、あっ」

口腔内を蠢く舌に喉の奥まで貪られ、水音が立つ。

瞼が落ちて、男の腕に縋る指先に力がこもる。

顎を捕らえていた手が、首筋を撫で下ろしていく。鎖骨を辿って、ごく自然な動作でパジャマのボタンが外されて、胸元に大きな手が這わされた。

「は…ぁ、ん…っ」

キスの余韻が銀の糸を引く。濡れた唇を啄ばまれて、静己はソファに身体を沈み込ませた。

膝の上から、温もりが退く。

不満げな顔のアビィに、「今度は俺の番だ」などとわけのわからないことを言ってアビィを向かいのソファに移し、男が再び覆いかぶさってくる。肩を押されて、そのままズルズルとソファに背中から沈み込んでしまった。

シャラリ…と、胸元で金属の擦れる音がする。チェーンとリングが、擦れ合っているのだ。自分が贈った細身のリングを手に取って、気障な仕種で口づけ、それを静己の口許へ運ぶ。リングは唇から零れて首に落ちたけれど、唇はそのまま重なった。今度は、淡く啄ばむキスが数度。それから、今一度深く合わされる。

縋るものを求めて腕を伸ばし、男の首に滑らせる。襟足の長い髪を梳《す》いて、広い背の感触をたしかめる。

胸元を辿る掌が、胸の突起をかすめて、静己はビクリと肌を震わせた。

もともとの素質なのか男の手によって開発された結果なのか……前者も嫌だが後者はもっと受け入れ難い。だが、敏感になった肌が顕著な反応を見せて、静己は唇の端から熱のこもった吐息を零した。苦しげに眉根を寄せる。

「色っぽいな。いい顔だ」

「バ…カなことを……」

男が色っぽくてどうする。面白くもなんともない。

そう返そうとしたのに、至近距離でじっと見つめられて、静己は口を噤んだ。艶めく瞳に、欲情に濡れた顔の自分が映されている。その事実は曲げられない。

「早くブラコンを卒業してほしいところだが……そう急ぐこともないか」

鼻先をつき合わせ、唇が触れるか触れないかの距離で言葉を交わす。だがその間にも、鳳の不埒な手は、静己の肌を暴こうとしつづける。

「……？」

ついさっきまでの主張内容と逆のことを言いだした男を訝ってみせると、男は口許に薄い笑みを浮かべ目を細めて、不敵な言葉を口にした。

「そうやって不貞腐れてるおまえも、なかなかそそる」

カッと頬に朱が走った。

「……っ!?　ふ…ざけんなっ！　なんでおまえはそういう……っ」

「そんな声で怒鳴ったって、可愛いばっかりだぜ？」

罵声を紡ぐ唇を、強引に塞ぎもせず、男は淡く啄ばむことで静己の口を閉じさせた。その余裕の態度が気に入らない。

「退け」

掠れた声で凄んだところで、なんの効果もないとわかってる。案の定男は、ふてぶてしい態度で返してきた。

「なんで？」

「もう寝る」

「まだ早い。それに、明け方までは寝させない予定だ」

耳朶を食む唇の濡れた感触。歯を立てられて、ゾクリとした感覚が背を突き抜けた。

「……っ!?　鳳!?」

「違うだろ？　ベッドのなかでは、名前で呼んでくれるんじゃなかったのか？」

のしかかる肩を押しのけようとした手が易々と拘束されて、頭上で一まとめにされてしまう。

パジャマのゆるいウエストから不埒な手が忍び込んできて、すでに芯を持ちはじめていた欲望を握られた。

「誰が……っ、あぁ……っ！」

濡れた声が迸る。

ここしばらくの間にすっかり慣らされてしまった身体は、男の愛撫に瞬く間に蕩け、意地っ張りの仮面を剥いでいく。

一日の疲れを残した身体は、快感を欲しがって熱を上げていく。

違う…と、静己は己の思考を否定した。ただ即物的な快感が欲しいわけではない。男の体温が欲しいのだ。素直に口にすることはできなくても、鳳は察してくれる。だからついつい、ワガママと毒舌に拍車がかかるのだ。

甘やかされていることを、自覚するのは悔しい。そんなことを考えている時点で、すでに充分自覚があるのだけれど、でも認めるのを無駄なプライドが拒否するのだ。

「静己」

甘い声が、鼓膜を震わせる。この声で、どれだけの女たちを虜《とりこ》にしてきたのか。悔しいけれど、そんなことを考えてしまう。

潤んだ瞳で見上げると、瞼に触れるだけのキスが落とされた。

腕を伸ばして、男の肩からシャツを落とす。はだけられた胸元に掌を這わせて、素肌で触れ合いたいのだと、無言のなかにも意志を伝える。

静己はすでに、パジャマの上着がかろうじて肩に引っかかっているだけの姿にされている。シルクのシャツを脱ぎ捨てた男が胸を合わせてきて、静己は深い息を吐いた。安堵と陶酔のため息だ。

男の腕が腰を抱え、静己の敏感な場所を探りはじめる。

はじめは痛みをともなったその行為も、今では深い喜悦しかもたらさない。

滾る欲望が、男の想いの深さを伝えてきて、静己は口許に薄い笑みを浮かべ、睫を震わせた。

「なんだ？」

「なんでもない。相変わらず元気だなと思っただけだ」

言い終わらぬうちに男が腰を進めはじめて、語尾が掠れてしまう。

「強欲な恋人を満足させなきゃならないからな」

「なんだよ、それ」

聞き捨てならないセリフを聞いて、荒い息の下、静己は見下ろす男を睨み上げた。すると鳳は舌なめずりでもしそうな顔でそのきつい眼差しを受け止めて、口許に揶揄を浮かべる。

「寂しがりでワガママで、あれもこれも欲しいくせに素直に言えなくて、そんな手のかかるやつを満足させられるのは、俺だけだからな」

静己に反論する隙を与えまいというのか、最後ズッと腰を突き入れられて、静己は嬌声を迸らせ、白い喉を仰け反らせた。

「誰…が、だっ」

生理的な涙の滲んだ瞳で睨むと、そんな表情《かお》すら愛しいとばかりに眦に口づけられ、沸騰しかけた憤りも冷まされてしまう。

「もっと俺に甘えろよ。おまえの欲しいもの、全部俺が与えてやる」

病院のことや弟たちのこと、それらを恋人以上に優先させる静己を、鳳は責めもせず見守ってくれる。そして、疲れたときには自分を頼ればいいと言うのだ。

聞き分けのよすぎる恋人というのも考えものだ。自分を手に入れるときに強引にしたから、それ以上に望むものはないと思っているのかもしれない。

「あ…き、ちか」

掠れた声で、男を呼ぶ。

黒く艶やかな髪を抱き寄せながら。

「静己?」

「も…っと」

そっと唇を触れ合わせ、男の唇に吐息を吹き込む。

「ひどくして…いい、から」

力ずくで奪えばいい。ふたりの関係が変わった今なら、それも許される。恋人同士なのだから、少々の無茶も情事を彩るスパイスだ。

「がまんしてるつもりはないんだがな。俺は、おまえのそういう表情を見てるだけでも、充分に満足なんだ。だが……」

言いながら、静己の足を肩に担ぐように抱える。その衝撃に繋がった場所が引き攣れて静己は悲鳴を上げた。

「あぁ……っ」

震える喉に唇を落とし、鳳は上体を起こす。

「激しいのが好きな恋人のリクエストには応えないとな」

「違……っ」

ズッと剛直が捩《ね》じ込まれて、静己は艶やかな嬌声を上げた。

「や…ぁ、あぁ……っ!」

滲む視界には、額に汗を浮かべ、眉間に深い皺を刻んだ男の顔。何が満足だ。こんな獣染みた表情を隠し持っているくせに。板につきすぎたフェミニストにも困ったものだ。

「剱《あき》…誓《ちか》、剱誓……っ」

広い背に縋って、ここがリビングのソファの上であることも忘れて、久しぶりに落とされた忘我の果て、静己は濡れた声を上げつづける。向かいのソファで、主に気を遣ってか、耳を倒して顔を伏せ丸くなるアビィのことも、今だけは目に入らない。

朝までにはまだ、時間がある。

体力を使い果たすころには、少しだけ素直になれているかもしれない。

「愛してる」

甘い声が、唇に直接落とされる。

じゃれあうようなキスに興じながら、淫らに腰を揺すりつづける。

男の背に爪跡を刻んで、刹那の声を迸らせる。ビクビクと痙攣する身体をぎゅっと抱き締めてくれる逞しい腕。広い胸に包み込まれて、その温かさに瞼が落ちる。

余韻にまどろんで、それからフワリと身体が浮く感覚。静己を抱き上げて、リビングの奥、静己の自室に男は足を向ける。

その途中で鳳は、階下に通じる階段にチラリと視線を投げ、口許に苦笑を浮かべた。

SIDE：KOHKI

腕のなかで、円哉《まどか》がもがいている。後ろから胸に抱き込んでいるから顔は見えないが、耳は真っ赤だ。

まずったな、と皇貴《こうき》は内心ため息をついた。よもやこんな場面に出くわそうとは……。

——この時間ならまだ飯食ってると思ったのに。

榛名《はるな》の家は、四階建てで、一階を病院として、二階から四階を住居として使っている。病院の通用口横の階段を上っていったんリビングに入り、そこから三階四階へと上がれるつくりだ。

その、一階から通じる階段を上がりきった場所。

階段とリビングとの境目で、皇貴は真っ赤になって腰を抜かしてしまった円哉を腕に抱き、片手でその口を塞いで、この場を立ち去るタイミングをうかがう。

ソファの陰になっていて、ハッキリと状況をうかがうことはできないが、声はしっかり聞こえているのだ。円哉が硬直するのも無理はない。

チラリとうかがった視線の先には、リビングの大きなソファが見える。そのソファの向こうで、長兄が恋人と抱き合っている。その現場に、鉢合わせしてしまったのだ。

今日も今日とて皇貴は、いそいそと《Le Chat《ル・シャ》》へ出向き、円哉と夕食をとっていたのだが、そのときにたまたま皇貴が、鳳《おおとり》が飼っているフェネックの話を持ち出したところ、円哉が興味を示したのだ。

犬と猫のいいところだけを集めたような、愛らしい生き物。皇貴も何度か抱かせてもらったが、なんとも言えない可愛さがある。野生動物だから、犬や猫のように人間基準で躾けることはできないし、飼うにはそうとうの覚悟が必要だが、それを差し引いても魅力のある動物だ。

今日は端《はな》から泊まりのつもりでいたのだろう、皇貴が受付にいたとき、鳳はキャリーバッグを手にやってきた。アビィを連れてきたのだ。

フェネックとしてはかなりの高齢になるアビィの健康を気遣ってのことだが、プラス兄への潤滑剤としての役割も担っていることは誰の目にも――ふたりの関係を知っているのは兄弟と次兄の恋人の鷲崎《わしざき》だけだから、三人の目にも、ということになるが――あきらかだ。会話の途絶えた熟年夫婦でもあるまいに……と皇貴は思うのだが、親友として過ごした期間が長すぎたがゆえに、ふたりきりでは間が持たない、ということらしい。

『今日、連れてきてたけど。会わせてもらう？』

そんな提案を、あまり深く考えずにしてしまった。どうせ泊まりなのだから、明日にすればよかったのだ。

『ホントに？　大丈夫？　怖がらないかな？』

フェネックが神経質な動物であることは、円哉も知っていたらしい。だが、皇貴が知る限り、アビィはとても人懐っこくて、もしかしたら長兄限定なのかもしれないが抱っこが大好きだ。フェネックとしてはかなり珍しい部類だが、そんなアビィだから、円哉にも抱かせてあげられるかもしれないと思ったのだ。

が。

考えが甘かった。

あの兄が、こんな場所で、そんな行為を、たとえ想いが通じ合ったばかりの、つまりは蜜月とはいえ許しているなんて。

皇貴にとって長兄は、父であり母でありもちろん兄であり、絶対的な存在なのだ。しかもあの性格。ふたりの様子を観察していて、当然とうの昔に「そういう関係」なんだと思い込んでいた皇貴は——実際にはそうではなかったらしいのだが——、鳳は苦労しているだろうな…と、実は同情すら覚えていた。

と同時に、鳳の手腕に感嘆を覚えもする。鳳でなければ、兄も受け入れたりはしなかっただろう。そして皇貴も、鳳でなければ、認めていなかったと思う。

それは次兄も同じだ。相手が鷲崎でなければ依月《いつき》は惹かれなかっただろうし、長兄も皇貴も、鷲崎ほどの男だからこそ、ふたりの関係を認めたのだ。

そう考えると、次に永峯《ながみね》に会うときには、礼を尽くさなければいけないなと、皇貴は考える。ニューヨークにいるという母親にも、そのうち会いにいかなくては。

――さて、どうするかな。

とりとめもないことを考えながら、円哉が落ち着くのを待っていた皇貴だったのだが、このままここで蹲っていても、事態は好転しないだろうと察した。

耳に届く濡れた吐息も衣擦れの音も、さすがの濃厚さだ。

元ホストの肩書きを持つ鳳の、今でも現役で通じそうなビジュアルだからこそ口にできる、海外の恋愛映画さながらの甘いセリフの数々。自分が言ったら、円哉には大笑いされるに違いない。

そのひとつひとつに悪態をついてみせながらも、皇貴の耳に届く兄の声は濡れている。親代わりでもあるだけにさすがに複雑だが、相手が鳳ならしょうがない。

兄たちが抱き合っているソファの向かい、やわらかいクッションの上で、アビィが丸くなっているのが、片膝をついた皇貴の視線の高さからかろうじて見えた。可哀相に、目を閉じて耳を塞ぎ丸くなって、「みざる」「いわざる」「きかざる」の体勢。なんて健気《けなげ》なフェネックだろう。

『アビィに会わせてもらうのはまた今度にしよう』

耳朶に吐息で囁くと、円哉がビクリと首を竦める。そして、小さくコクリと頷いた。

『立てる?』

皇貴は円哉の身体を抱き込んでいる。だから、その肌が熱くなっていることは百も承知だ。あれだけ濃厚なラヴシーンを見せられたら、誰だってたまらない。

力の抜けた身体を支えて、階段を下りる。ゆっくりと、音を立てないように。その途中、極める声が二階から届いて、腕のなかの細い身体が、ビクリと震えた。

なんとか《Le Chat》《ル・シャ》に帰りついて、二階のリビングのソファに円哉を座らせようとした皇貴だったのだが、思いがけず強い力で腕を引かれて、ベッドルームに引きずり込まれてしまった。

「円哉さん？」

いくらこの状況とはいえ、まさか円哉のほうから求めてくることなどありえないだろうと思っていた皇貴にもたらされたのは、するりと首にまわされる腕と抱き寄せる力、そして下から合わせられる唇だった。

驚いて、一瞬硬直したものの、すぐに気を取り直して円哉の腰を支える。たっぷりと甘い口腔を味わってから、皇貴はゆっくりと円哉の唇を解放した。

「平気？」

掠れた声でかけられたのは、意味のわからない問いかけ。

「……え？」

自分こそ、円哉に大丈夫なのかと尋ねなければ、と思っていたのに。逆に問われて、皇貴は目を見開いたまま、円哉を見やる。

すると円哉は、皇貴の頬を両手でやさしく包み込んで、額に額を合わせてくる。まるで小さな子どもを窘め慰めているかのようだ。

「……円哉さん？　何……」

いったい何がしたいのか。何を心配しているのか。

わからなくて戸惑うばかりの皇貴に、円哉は真剣な顔で言い聞かせるように言葉を紡いだ。

「妬いちゃダメだからな。院長先生だって人の子なんだし、おまえだって依月先生だってそのうち独立するんだろうし、そしたら院長先生はひとりに……、……皇貴？」

皆まで聞かずとも、円哉が何を思ったのかは、理解できた。途中で我慢しきれなくなって、ついクスッと笑いを零してしまう。

「ご、ごめん」

現場を目撃してしまった円哉が泡を食っているだけだと皇貴は思っていたのだが、円哉が硬直していた本当の理由は違ったのだ。

皇貴を、心配していた。

親代わりでもある長兄の、そんな姿を見てしまって、皇貴がショックを受けているに違いないと、円哉は考えたのだ。だから、ショックを受けているだろう皇貴を、キスで慰めてくれた。

「期待に沿えなくて悪いけど、俺、平気だよ」

長い友人関係を経て、つい最近恋人同士になったばかりの兄と鳳だけれど、皇貴の目には、もうずいぶん前からラヴラヴの関係に映っていた。はじめて鳳を紹介されたときから、皇貴はそのつもりだったのだ。

「そのつもり？」

「もうひとり兄貴ができたってことなのかなぁ…って」

とすると、鷲崎も含め、自分には四人も兄がいることになってしまうけれど。

「でも、円哉さんが俺を心配してくれて嬉しい」

自分が的外れな誤解をしていたことに気づいて、円哉がカッと頬を染める。皇貴に流されつつも、あまり積極的に感情を表すことをしない円哉だから、こうした咄嗟の場面で彼自身のことではなく自分のことを慮ってくれたという事実が、皇貴は何より嬉しかったのだ。

無器用な恋愛をしているな…と思う。でもいい。手軽な恋などよりずっと、落ちた甲斐があるというものだ。

「ならいいけど……だって皇貴、絵に描いたようなブラコンだから」

そうとうなショックを受けたのではないかと心配してしまったと、円哉が笑う。だが何気なくかけられた言葉に、皇貴は眉間に皺を寄せた。

「……ブラコン？」

自覚はあるが、恋人に言われると実に微妙な言葉だ。喧嘩途中で罵られるのならともかく、そんなしみじみと言われると、改めて考えさせられてしまう。

神妙な顔をする皇貴に気づいた円哉が、クスッと笑みを零した。

「皇貴、初恋はいつだった？　相手は？」

問われて、皇貴は押し黙る。その反応だけで、円哉には充分だったらしい。

「院長先生だったでしょ？」

「……まさか」

「じゃあ、幼稚園の先生？　それとも小学校？　幼馴染の女の子とか？　違うよね？」

言いきられて、反論の余地がなくなる。

扱いが難しくて世話が焼ける人が好き……なんて、マザコン気味な男が、女性に母親の面影を求めるのと、同じ理屈だ。つまり、皇貴にとっては静己が基準なのだ。それを指摘されて、下手に否定することもできず、皇貴は黙るよりない。

「でも、思ったほど重症じゃないみたいでよかった」

微笑む円哉に、皇貴は逆に心配になって、尋ねた。

「円哉さんは？　気にしてくれないの？」

兄と恋人とどっちが大事なの？　とか、訊いてもくれないのだろうか。

円哉の性格上、思っていても口に出すことなどありえないとわかってはいるのだが、気にしてもらえないのもなんだか寂しい。

「……気にしてるだろ」

大きなため息をついて、円哉が吐き捨てる。気にしてなきゃ、咄嗟に思い至るわけがない。

ムッとする円哉の腰に両手をまわして抱き寄せ、額に唇を寄せる。押し当てるだけの、淡いキス。

しなやかな腕が、再び首にまわされる。

そして、キスをねだるように、長い睫が伏せられた。

腕のなかの身体はまだ熱い。その熱が呼び水となって、皇貴の中心に情欲の焔《ほのお》を灯す。

額にあてた唇を、瞼から頬、唇へとすべらせる。濡れた吐息とともに唇が深く重なって、待ちかねた時間がやっと訪れた。

メモリー

早めに帰宅する予定だったのに、少し遅くなってしまった。

今日、最後の講義を受け持っていた教授は、話はおもしろいのだが、脱線しがちで長くなるのが玉に傷だ。

駅前の商店街で買い物をすませ、大急ぎで帰宅する。

母親のいない榛名《はるな》家において、長兄の静己《しずき》は、母親の役目も担っているのだ。専門馬鹿な父親から家事のいっさいを引き継いでもうずいぶん経つ。

家事をこなし、弟たちの面倒もみながら、大学受験を乗り切った。獣医学部に進学して、文系学部より多忙なのは先刻承知だったが、想像以上に多忙で、正直なところ最近になって多少バテ気味だ。

だが、歳の離れた弟たちはまだ小さいし、静己以外にできる人間もいない。父方も母方もとうに祖父母はなく、親類は「遠くの親戚より近くの他人」状態で、盆正月くらいしか交流がない。

だから、今が踏ん張りどころと、静己は両手に提げた重いレジ袋を抱え直し、家路を急ぐ。

小学生の末弟は、もう帰宅しているはずだ。中学生の次男は、そろ塾から帰ってくる時間のはず。

獣医の父と獣医学部に通う兄に触発されたのか、次男の依月《いつき》の進学希望先も獣医学部で、高校も静己と同じところを受験予定だ。

末弟の皇貴《こうき》はまだ小学生だが、将来は獣医さんになる、と言っている。

母を亡くしたのは、末弟の皇貴が生まれてすぐのこと。

以来、男所帯の榛名家だが、家族四人で助け合い、なんとか暮らしている。

動物医療に心血を注ぐ父は、社会に属する大人としては、静己の目で見ても不器用な人だが、獣医としての腕は一流だ。かかりつけの患者の信頼も厚い。

「ただいまー」

裏口から二階の住宅に上がると、「おかえり！」と変声期前の高い声が出迎える。末弟の皇貴だ。

ダイニングのテーブルに宿題を広げている。三兄弟それぞれに自室を持っているのだが、静己が皇貴の歳のころも、いつもダイニングテーブルで勉強をしていた。そうすると、亡き母や休憩に上がってきた父が勉強を見てくれたからだ。

依月も塾に通いはじめるまでは皇貴の隣で、皇貴の宿題を見てやりつつ、自分の勉強をしていたし、その依月の勉強は静己が見ていた。

人に教えることで自分の勉強にもなると考えた父母が、兄弟間にそうした関係を築いてくれたのだ。

母が亡くなって、静己が家事を担当するようになってからはとくに、ダイニングに兄弟が顔をそろえていたほうが何かと不便がないこともあって、三人並んでダイニングテーブルで勉強をすることが多くなった。

静己が大学に進学して以降は、以前より頻度は減っているものの、今でも三人がダイニングテーブルで黙々と勉強をしていることはある。よく考えれば、奇妙な光景だ。

「宿題か？」

「うん。でももう終わったよ」

そう言ってノートと教科書を閉じ、テーブルの端に綺麗に揃えて置く。

「算数か」

大丈夫だったか？　と、わからないところがあれば、放置しないで訊くように言うと、皇貴は「大丈夫」と頷いた。

「今日のは、このまま教えてもらったところの応用だから」

その表情は満足げで、ちゃんと問題を解くことができたことを伝えている。

獣医学部進学を目指して勉強中の依月と同じく、自分も獣医になるとこの歳ですでに将来を定めている皇貴は、勉強に関しても子どもらしからぬ姿勢を見せる。それは、そうしなければならない現実を、目の前で見ているからだ。

依月が帰ってくるまでに夕食の支度を…と思い、キッチンに立つ。だが、いつもと違う様子を見て、静己は目を瞠《みは》った。

火は止められているが、調理した痕跡のある大きな鍋がコンロに置かれている。蓋をとると、ふわり…とスパイスの香りが立った。

カレーだった。大きなじゃがいもや人参《にんじん》や玉葱《たまねぎ》がゴロゴロと入って、よく煮えている。確認すると、炊飯ジャーには艶々のご飯が炊きあがっていた。

「皇貴、これは?」

自室に教材を置きに行って戻ってきた皇貴に問う。皇貴はテーブルにお皿を並べはじめながら、「つくったんだよ」と軽く返してきた。

「つくった? 自分で?」

「うん。しぃちゃんがいつも使ってるお料理の本に載ってたから」

キッチンに置きっぱなしになっているレシピ本を参考にしたのだという。毎度毎度開くわけではないが、ちゃんとした分量などを調べてつくりたいときのために、使い勝手のいいレシピ本を数冊、キッチンの棚に並べてある。

静己はもう一度、鍋のなかに視線を落とし、ほっくりと煮えたじゃがいもを、お玉で掬《すく》いあげた。

大きなジャガイモを半分に切っただけのサイズ。人参もそれに合わせてかなり大きくカットされている。玉葱は縦横に二度包丁を入れただけ。だが、その大きさが、プロっぽく見せてなんとも美味《うま》そうだ。

圧力鍋の使い方はわからなかったようで、普通の鍋で煮られている。小学校から帰ってきてすぐに煮込みはじめて、つきっきりで仕上げたに違いない。

「すごいな」

美味そうだ、と素直な感想を述べると、皇貴の頬が嬉しそうに綻ぶ。

「隠し味にチョコレートを入れたんだ」

「チョコレート？　へぇ……そういうやり方もあるんだな」

カレーの隠し味には各種あって、醤油《しょうゆ》やインスタントコーヒーを入れる人もいる。

「いつの間にこんなにできるようになってたんだ？」

知らなかったな…と感心しきりというと、皇貴は「しぃちゃんが大変なときは、ボクがつくるから」と返してきた。

これからは、自分も家事を手伝うと言うのだ。

「もう充分手伝ってもらってるぞ」

火を使う炊事は、これまでのところ完全に静己の仕事だったけれど、掃除や洗濯は、皇貴や依月にも分担している。だから、それで充分だと返したつもりだったのだが、皇貴は納得していない様子だった。

「いっちゃんも、勉強忙しくなるでしょう？　だからボクがやる」

次男の依月には、受験が目の前に迫っている。だから、自分が手伝うのが一番いいと言うのだ。

末っ子なんて、甘やかされて育って何もできないタイプが多いというのに。しっかりしすぎだと小さな頭を撫でる。

「ありがとう。じゃあ、大変なときは頼むな」

「うん」

皇貴には、テーブルセッティングをさせて、自分は副菜を何品かつくることにする。

メインがカレーライスだから、あとはグリーンサラダと、箸休めに何か一品あればいいだろう。冷蔵庫内を確認して、静己はセロリときゅうりと取りだした。

皇貴の特製カレーに、塾から帰宅した依月がまず感嘆の声を上げ、つづいて病院を閉めて二階に上がってきた父が目を丸めた。

この日の家族四人での食卓は、いつも以上ににぎやかなものになった。話題はもちろん、皇貴のカレーだ。

「すごーい！　皇貴、めっちゃ美味《おい》しいよ！」

依月の言葉に、皇貴が頬をゆるませる。

「静己が教えたのか？」

父の問いに、静己は首を横に振る。

「俺は何も教えてないよ。本を見て、ひとりでつくったんだって」

その返答を聞いて、父はますます目を見開いた。

「皇貴は天才だな。お父さん、ビックリしたぞ」

美味い美味いと繰り返しながら、父は常にない食欲を見せてカレーを掻き込む。静己も、いつも以上に食の進む自分を感じていた。

事実、皇貴のつくったカレーが美味しいのは間違いないが、それ以上に、皇貴の気持ちが家族を高揚させているのだ。

幼いながらに、忙しくする父や兄たちを気遣う、やさしい気持ち。それがあるから、夕ご飯をつくってみようと考え、こんな美味しいカレーをつくった。愛情をかけて丁寧につくれば、料理はたいてい美味しくできるものなのだ。

「もちろん、静己のご飯も美味いぞ」

亡き母の教えを受けた静己の手料理はやはり捨てがたいと、父がフォローの言葉を口にする。静己は、わかってるよというように、クスリと笑った。

楽しくて、温かい食卓の風景。

このあともう少しだけつづいた家族の団欒《だんらん》は、数年後、突然やぶられることになるのだけれど、このときはまだ、ずっとつづくものだと、誰しもが考えていた。

依月が進学して、そのころには皇貴が受験生になって、そのさらに数年後には、家族四人で動物病院を切り盛りする。

そんな未来がくると、このときはたしかに信じていた。

たとえそれがかなわなかったとしても、温かな記憶は色褪《いろあ》せない。兄弟三人の心の奥深い場所に、共通の温かさを残している。


兄に追い出されるようにして斜向《はす》かいのキャットカフェにやってきた皇貴は、キッチンに立つ円哉《まどか》の後ろ姿を見つめながら、ずいぶんと昔の記憶に捕らわれていた。

なぜ唐突にずいぶんと昔のことを思い出したのかといえば、皇貴の鼻孔をくすぐる、スパイシーな香りのせいだ。

円哉の視線の先、重そうなストゥブ鍋のなかでは、具がすっかり煮崩れた、美味しそうなカレーが煮えている。

今日は自分がつくるからといって、円哉がキッチンに立ったのは、皇貴が試験明けだから。ずっと夜遅くまで勉強していたことを、労ってくれるというのだ。

すると、外から車のエンジン音が届く。

このあたりは、夜遅くなると静かだから、通り向こうの駐車場に車が停まる音も聞こえるのだが、さすがに日本車ならこれほどは響かない。日本の道路を走るのに、決してふさわしいとはいえないスポーツカーの馬力ゆえだ。

「鳳《おおとり》さん、いらしたみたい？」

「うん。今日は兄さんが当直だから。アビィ連れてきたんじゃないかな」

依月は、迎えにきた鷲崎《わしざき》に連れられて、自分が出てくるより前に出かけている。長兄には「水嶌《みずしま》さん待ってるぞ」と追い出されたのだが、皇貴にしてみれば、兄カップルの邪魔をしないように出てきただけのことだ。

「美味しそう」

腰を上げ、円哉の後ろに立って、エプロンに包まれた細い腰に腕をまわす。

「こら、じゃれると危ないぞ」

火を使っているのだからと、軽く手をはたかれて、皇貴は抱き締める腕の力を強め、やわらかな髪に鼻先を埋めるようにキスをした。

「皇貴」

場所が違うと、少し不服気な顔が上げられる。

皇貴は小さく笑って、少し尖らされた唇に、請われた以上に甘ったるい口づけを落とした。

あとがき

こんにちは、妃川螢《ひめかわほたる》です。ローズキー文庫では三度目まして！

このたび、たいへんありがたいことにも、文庫化というかたちで旧作品に再び光をあてていただけることになり、今作はその三冊目、榛名《はるな》三兄弟の完結編、末弟編になります。

この先は、三兄弟を取り巻く人々の恋物語へと、ストーリーは展開していくことになります。そちらにもご声援いただけましたら幸いです。

イラストを担当していただきました実相寺紫子《じっそうじゆかりこ》先生、今回もありがとうございました。今後とも、どうぞよろしくお願いいたします。

妃川の今後の活動情報に関しては、表紙見返し記載のＵＲＬをご参照ください。最近更新が滞りがちなのですが、情報だけはなんとか正確にお届けできるようにしていきたいなぁと思っています。

皆様のお声だけが執筆の糧です。ご意見ご感想等、気軽にお聞かせいただけると嬉しいです。

それでは、また。どこかでお会いしましょう。

二〇一二年三月吉日　妃川 螢